新潮文庫

この橋をわたって

新井素子著

新潮社版

11543

目次

この橋をわたって

橋を、架ける

どうっ。

どうどうどう、どうどうどうどう。

流れる、水音。

それは、巨大な河だった。流れは、急だ。

確かに向こう岸は見える。かすかに、見える。向こう岸に何かがいることだって、かろうじて判《わか》る。だが、あちら側に〝何か〟がいる時に、こっちで、子供だった俺が思いっきり手を振っても、向こう岸の相手には変化がない。俺が、両手をひろげてまるで旋回《せんかい》するかのような大仰な身振りをすると、やっと、向こう岸の相手も何か動いているのが判った。

んで、俺には判る。この河は、巨大すぎるのだ。あっちだって、こっちのことを無視している訳じゃない、ただ、手を振ったくらいじゃ、あっちにはよく見えないのだ。あるいは、向こうだって、こっちに手を振っていたのかも知れない。だが、この距離では、それは俺にはよく見えない。というか、誰にだって見えないだろう。そういうことなんだと思う。

あの河の向こうにもヒトがいるらしい。それは、かなり昔から、俺達の村に伝わっていた言い伝えだった。

だが、とてもじゃないけれどこの河は、泳いでわたることができるものではなかった。

それに挑戦した男は何人もいる。全員が、流されて、死んだ。

そして時間がたち……俺は、村で一番の男になった。力較《くら》べで、俺に勝てる男はいない。俺は、自分の女を選べる。自分の子供を作ることができる。

その時。俺は、ちょっとした思いつきを実行してみたのだ。

女を選ぶ前に、自分の子供を作る前に。できるだけ大きな、でも、自分が投げることが可能な大きさの石を選び……それを、思いっきり、河に、投げてみた。

石は、大人二人分くらいの間を飛んで、そこに鎮座した。巨大な石だったから、河の流れがかなりきつくても、それでも、その石は、ずっと、そこに居続けた。

☆

前々代の首長が投げた石。その首長の名前がミワキだったから、ミワキ岩と呼ばれている石。それを見ながら、私は思う。

過去の男達は、みんな、成人の儀式を終えると、この河に石を投げていた。いつの間にかそんな習慣ができた。ミワキ岩を越す処《ところ》まで石を投げることができれば、それは最高の成人の証《あかし》なのだが、過去、そんな男は一人もおらず、とにかく、ミワキ岩にできるだけ近い処まで石を飛ばせるように。ミワキ岩に石が載れば最高だし、ミワキ岩への近さで、その男の〝成人〟としての格が決まる。

かなり長いことこの習慣が続いたので、ミワキ岩のあたりは、岩礁《がんしょう》ができてしまっている。

私は、ミワキ岩にまったく石が届かなかったにもかかわらず、(その上、私が投げた石が軽すぎた為《ため》か、子供ができる前にその石は河の流れにより転がってしまった、まったく情けない男であったにもかかわらず)、それでも首長になった、最初の男だ。

というのは。只今《ただいま》。うちの部族は、そんなことをしている場合ではないのである。

病が蔓延《まんえん》している。

私がやらなければいけないのは、この病の押さえ込みだ。

私は、とても酷《ひど》い政策を提案した。死んだ勇者の肉を食べてはいけない。勇者の血を呑《の》んでもいけない。

……ヒトは、勇者の肉や勇者の血から、その勇気と力を受け継ぐ。この事実を鑑《かんが》みると、これはもうほぼあり得ない話なのだが……どう考えても、病で死んだ勇者の血や肉を摂取してしまうと、病になることが多いのだ。多すぎるのだ。そこで、それの禁止を訴え、当然のことながら村八分に近い状態になり……だが、私が言ったことを守ったヒトからは、不思議な程、病がでなかった。それで、初めて、そもそも河に石すら残せなかった身で首長となった。

だが。私によい気持ちを持っていない男達の存在を、私は常に感じている。当たり前だ、ミワキ岩に投げた石が届かないはおろか、河に石すら残せなかったのだ、私が首長で納得できる男がこの村にそんなにいる筈《はず》がない。今は、病のことがあるから、私の言うことに従ってくれているだけで、病が収束すれば、私は間違いなく殺されるだろう。

そこで、私は、ふっと思いついたことを言ってみた。

「ミワキ岩まで、木を渡そうか」

河岸から、ミワキ岩までは、大人二人分ちょっとの距離だ。ならば、この間に、木を渡すことができる筈。一本では細すぎるが、何本かまとめて渡せば。こうすれば……誰でも、ミワキ岩からの景色を、見ることができる。

今、成人になった男達は、ミワキ岩に石を投げた後、ミワキ岩礁まで泳いでわたるのが常になっている。そこまでならば、何とか泳げるのだ。そして、そこで、岩礁に上り、新しい景色を見る。

だが、木が渡っていれば。この景色を、女も、子供も、すでにミワキ岩礁まで泳ぐことができなくなった老人達にも、見せることができる。

ああ、そうだ、私は……自分が殺される前に、この景色をみんなに見て欲しかったのだ。

これは、熱狂的な賛意で迎えられた。だから私はもうちょっと欲をかく。

「アダチ。おまえは、私の村の最高の男だ。もっとも強い」

アダチは、間違いなく私を殺そうとしている最右翼の存在だ。

「おまえは、木を渡されて行ったミワキ岩から、できる限り最も大きな石を投げるといい。次からは、おまえが投げた石が、みんなの目標になるだろう」

アダチもこれに熱狂した。何故《なぜ》なら、この話に乗れば、次からは村の男達の成人儀式は、アダチ岩を目指すことになるのだから。

こうして私は、いつの間にか、何とか、私を殺そうとする勢力をいなすことができた。

☆

「あちら岸が見える……」

ソイエ岩にまで渡された木を辿《たど》ってきたあたしは、自分がやるべき仕事が一段落した後で、そんなことを思う。

もう、河のあちら側が、こちら側と同じくらいに、見える。河の半分、あたし達は、わたってきてしまったのだ。

思いっきり石を投げる、投げ続ける、その投げ続けた処まで木を架ける、そこからまた石を投げる、岩礁ができたくらいで次の木を架ける、そこからまた石を投げる、そんなことを繰り返して。

そして、あたしがここに立つと、河のあちら側で、綺麗《きれい》な色の布がひらひらしているのがかすかに見える。それが何だかは判らないんだけれど。

ミワキ首長、アダチ首長、サハジ首長……そしてソイエ首長まで、過去の歴代の首長達が聞いたら驚くだろうな、只今の首長は、あたしだ。ユワナ。女である。（ところで、最初に岩礁に木を架けた首長の名前は判っていない。あたし達の村の歴史は、あくまで岩の名前で覚えられているので、遠くに石を投げられなかったヒトの名は、残らないのだ。これ、すっごく莫迦《ばか》な話だよね。）

　ある時期から、うちの村の首長の選定方法は、「どこまで石を飛ばすことができるのか」になった。この選定方法には、女が参加する権利は、最初っからなかった。その理屈は、とても簡単で、〝男は女より力が強い、遠くまで石を投げられるのは男だ、故《ゆえ》に、男は女より優れている、女がこれに参加したって意味がない〟。

うん、この前半が事実であることを、あたしは否定しない。実際に、どう考えても、男の方が女より、普通、力が強いもんねー。

　逆に言うと、だから、あたしは、簡単に首長になれてしまった。

　だって、男共の理屈で言えば、ソイエ岩から最も遠くまで最も重い石を飛ばすことができたヒトが、絶対的に次の首長なんだもん。そんなの、簡単なんだもん。だってあのさあ、重い石を、とにかく遠くまで飛ばせばいいだけなんでしょ？

　子供達が遊んでいるおもちゃに、〝ぎったんばっこん〟ってものがある。石の上に長い板を渡して、あっちとこっちに子供が乗るの。あれの応用。これを使えば、かなり小さな力で、とんでもなく重いものを、簡単にすっとんでいかせることができるのだ。中心になっている石の位置を変えればいいだけ。で、男共は、そもそも子供の遊びなんか知らない。そんであたしは、何とかソイエ岩まで〝ぎったんばっこん〟を持ってきて、したら、ま、あとは楽勝だよねー。あたしが出した飛距離を自力で越える男なんて、まず、いないだろうと思う。（いや、勿論《もちろん》、男が〝ぎったんばっこん〟を使ったら、それでおしまいなんだけどね。けど、今だって、あたしのことをまるで蛆《うじ》虫《むし》を見るような目で見ている男共は、絶対、その、何が何だか判らないプライドにかけて、それはやらないと思うのよ。）

　ここまでして。あたしが首長になりたかったのには、事情がある。

　男共はっ。只今現在のうちの村が直面している危機を、まったく理解していない。ここしばらく。どんだけ雨期に出水《でみず》があったと思うのだ。その度に、うちの村がどんなに危機的な状況になったのか、ほんっとに判っているのか、うちの長老や前の首長や、とにかくあの莫迦男共はっ！

　判っている訳がない。出水が起きる度に、子供や老人を守る為に女達がどんな苦労をしているのか、その後、出水のせいで、山菜や茸《きのこ》や木の実の収穫が少なくなってしまったら……出水を乗り越えた後、女がどれ程家族を食べさせる為に苦労するか、こいつらは、まったく、判っていないっ！　のほほんと猟に出て、「獲物は減っていないのだから、あとは女の仕事だ」って言うだけなのだ。

莫迦野郎っ！　出水の原因なんて、判りきっているではないかっ！　あの、岩礁だよっ！　あれが、変な風に河をせき止めているから、雨が降ると出水になる。

女はみんな、それが判っている。感覚で判っている。なのに、男には、どれだけ言葉を費やしても、それを理解して貰《もら》えない。

だから……あたしは、首長になることにした。なるしかないのだ。そして、あたしが首長になって……せめて、おのおのの岩礁の間にある、小さな石、それを全部、手作業で除きたいと思った。少しでもスムーズに河が流れるようにしたいと思った。もともと、河で泳ぎ、河に潜り、貝や海草を取るのは女の仕事、だから、この仕事の為の人手は、〝ぎったんばっこん〟導入時より前に確保できていた。

本当のことを言えば。できれば、岩礁、それ自体を全部撤去したいのだが……さすがに、それは、今の時点では、無理。と言うか、そんなこと、とても言えない。ソイエ岩までやってきて、そこで一番遠くまで石を飛ばすことができ、それによって首長になり、岩礁間の整理を何とかやったあたしには……今までの岩礁の権威によって首長になったあたしには、さすがに、岩礁それ自体の撤去は、言い出せなくて……。

次の時代、ユワナ岩って呼ばれるに違いない大石を横目で見ながら、あたしはため息をつく。

すると、そんなあたしの視界にうつるのは、河の向こう岸で、くるくると舞っているさまざまな色。

あ、今、あたしには判った。あれ、あっち岸でヒトが手をひろげてさまざまな色の布を纏《まと》って、旋回しているんだな。何やってるんだろう。何でそんなことをやっているんだろう。

これを見た瞬間。

まったく別な思いが、あたしの心の中に起きた。

あっち側に……ついてしまったら、一体全体、どうなるんだろう？

くるくる回るさまざまな色。

あの世界に、もし、つくことができたのなら……それは一体、どんなことになるんだろう……。

☆

俺は、サタマ。

そんで、俺のじっちゃんのじっちゃんの……よく判らないんだが。俺は、ミワキの直系だ。と、少なくとも、俺のとうちゃんはそう言っていて、えっと、ということはその、じっちゃんもそう言っていて、じっちゃんのじっちゃんも……ああ、もう、よく判らんわっ！

とにかく、俺は、ミワキの子孫なんだ。うちでは代々、「遠いじっちゃんのミワキが……」で始まる初代首長の話が、子供を寝かす時のお話になっていた。

そして、只今、ネタカ岩の上に立つ俺は、ミワキの直系の子孫であり、同時に、うちの村の首長だ。

今では、対岸のヒト達が、よく見える。というより前に、実は、今となってしまえば……俺達は、この、ネタカ岩から、対岸まで、泳いでいけるんではないかと思う。水流の具合が判らないから断言はできないが、でも、それ程、近くまで、俺達は来てしまった。

今、目の前には、サタマ岩が見えるのだが、ただ、対岸にわたる為だけには、ネタカ岩から、サタマ岩まで、木を渡す必要もないだろう、もう、対岸は、そんな距離だ。

そして、そこでは、まるで群舞のように、統制のとれた感じで、多くのヒト達が、くるくるまわって、両手を伸ばして、旋回している。

俺達家族に伝わっている話では、ミワキは、もの凄《すご》く目がいいヒトだったらしいのだ。どんな遠くを飛んでいる鳥でも、どんな些《さ》細《さい》な梢《こずえ》の揺れでも、全部、見ることができるヒト。そんなヒトが、対岸に目をやった時、そこで動くものがあった時、それでも、それが何だかまったく判らなかった。だから、自分が、大きく手をひろげて、旋回してみた。そうしたら、対岸の相手も、何か、それに応《こた》えてくれたらしいのだ。
以降。さまざまな石が、この河に投じられ、ユワナ岩の頃から、相手が綺麗な色を伴って旋回していることが確認でき……今は、もう、はっきりと見える。対岸の相手は、おそらく、できるだけの色の布を纏って、両手をひろげて、旋回してくれている。

判らない。

俺達は、自分の儀式として、成人が石を河に投げていた。
できた岩礁の間を木で繋《つな》いだ。
対岸のヒト達が何を考えていたのかまったく判らないけれど、対岸のヒト達は、そういう儀式が進むごとに、大きく旋回して、のち、さまざまな色の布を纏うようになり、今では舞踏だとしか思えない所作を示してくれている。

判らない。

これで、俺達が対岸に辿り着いてしまったら、どんなことが起きるのか、それはまったく判らない。

だが。

俺、ちょっと息が苦しいかも知れない。

でも、それは、不快なものではない。

何だろうこれ。

どきどき、わくわく……？

俺は、首長として、絶対に、最初にあちらへと行く。場合によっては、ここから泳ぐべきなのか？

いずれにしても、最初に行くのが首長の務めだ。

そして、あちらに辿り着いたら……何が起きるのか、それはまったく判らないのだけれど……おそらくは。

おそらくは。

きっと。

何か、素晴らしいことが、ある。

そう、俺は、信じている。

〈FIN〉

黒猫ナイトの冒険

「……あ……」

見事なまでに、やられちまった。

いっただきますっ。

ぱっくん。口をあけた、俺の目の前にあったアルミの猫皿、皿に盛られていたおいしそうなキャットフードを（多分ビーフだぜ。なんか、匂《にお》いで判《わか》る。んでもってこれは、ターキーなんかより絶対においしい、少なくとも俺はそう思うのだ――つうか、好きなんだな俺、ターキーより絶対にビーフが――）、お皿ごと、横から急降下してきたカラスに持っていかれちまって……くっそお、また、あいつかよ。

そんで、しばらくすると。

「ア、ホー、カー、カー、カー、ア、ア、ホー」

てな声が聞こえてくる。これはカラスの尋常の鳴き声だって判っていても、「阿呆《あほ》ー」って聞こえるのが、なんだか物凄《ものすご》く業腹《ごうはら》だ。

あのカラス。いつもの奴《やつ》だ。俺は、暫定《ざんてい》的に、キングって呼んでる。

俺の宿敵……つーか、俺、大嫌いなんだよあいつ。

いつだっていつだって、あいつは俺の御飯を狙《ねら》っていて……ああ、もう、あの野郎っ！

俺は猫だから。鳥を捕まえるのが猫だから。

いつの日か、俺は、キングを捕まえる。

あいつを捕まえて、俺の牙《きば》があいつの骨をがしがし噛《か》み砕《くだ》いて、あいつのことを俺が喰《く》っちまっちゃって……。

その決心を、もう何度目だか判らないけれど、自分の心に刻み込み、俺は同時に唾《つば》を飲み込む。

ああ、あのビーフ、食べたかったよなあ……。

☆

俺は、猫である。名前は、ない。

〝ナイト〟。

そんな言葉を飲み込む。

俺は猫である。名前は、ない。

☆

物心ついた時っていうのが、一体全体いつのことなんだか、俺にはよく判らない。

とにかく気がつくと、俺は、ここにいた。

ここ——どうやら、大きな公園の一画らしい。

俺はこの公園で生まれ……ってな、訳は、さすがに、ないよな。

いくら俺が莫迦《ばか》だって、「猫が公園で自然発生する訳がない」ということは判る。

俺の母親が猫だっていうことも、判る。ということは、当然、俺の父親も、猫だ。

だが、俺は、どうやら、物心がついた頃、いきなり、ダンボール箱にいれられて、公園の一画にいたらしい。

この辺、たったひとつのことを除いて、あとはまったく覚えていないんだから、何とも言いようがないんだけれど……俺の、父親と、母親は、どうしたんだろうか。

いや、この考え自体がちょっと変だよな。なんたって、俺と同胞は、ダンボール箱にはいっていたんだ、ダンボール箱を用意する猫なんていない、ということは、俺は、実の母の猫に捨てられた訳じゃない。俺を捨てたのは、多分、人間。俺の両親は、少なくとも母親は、きっと飼い猫で、おふくろが俺を含む三匹か四匹の猫を出産したあと、飼い主が、俺達を捨てたのだ。その時、おふくろがどう思っていたのかは、知らねーけど。

俺が人間の関与を確信したのには、ダンボール箱以外にも理由がある。かすかに残る、たったひとつの記憶があるからだ。

〝あったかいもの〟。

この公園で気がついた時。

俺は、なんだかあったかいものに包まれていて、ダンボール箱ってものの中に、二匹か三匹の同胞と一緒にいた筈《はず》だったのだ。兄だか姉だか妹だか弟だか判らないけれど、俺以外に二、三匹いた体温がある奴ら、そういう連中の体温が、俺を包んでいた

〝あったかいもの〟と相まって、それがとっても嬉《うれ》しかった、かすかにそんなことを覚えている。

〝あったかいもの〟。優しい匂い。俺と、兄弟姉妹と、ひょっとしたら俺の知らない母親の匂いが染《し》みついているもの。毛足が長くて、ちょっと噛みついてひっぱってみ

るとずるずると長い白い毛が抜けてきてしまう、そんな状態を見ると、そんなことをしてしまった俺の方があせる、こりゃ大事にしなきゃいけないもんだから、ずるずる毛をひっぱって抜いちゃいけないって思った、そんな、〝あったかいもの〟。あの、〝あったかいもの〟に守られて、そんな〝あったかいもの〟に包まれて、それで俺は安心していたのだ。そんな記憶が……かすかに、ある。

だが。やがて。俺達は、ばらける。

というか、この〝あったかいもの〟の中にいるのは幸せだけれど、これだと喰うものがないーって思った俺が、まず、〝あったかいもの〟から外へ出て、ついでに、ダンボール箱の中から外へ出た。

にゃあにゃあ、鳴いたのかも知れない。

この辺はまったく覚えていない。

だが、俺は、どうやらこの時点で人間に捕獲されたらしく、次に覚えているのは、優しい俺を包んでくれる手。

「あんたの名前は、ナイトだからね」

どこかから聞こえてくる声。

「あんたはもう、うちの猫だからね」

ああ。この声に、身を任せてしまえば、俺はもう、何も考えなくていいのか。

だから。

俺は、この声に、身を任せた。

俺はもう、〝俺〟じゃなくて、〝ナイト〟っていう名前の猫になって、この声に、すべてを任せればいいのか。

そう思って、本当にこの声に身を任せて……でも、あの、その。

☆

きっかけは、とても単純だった。

俺の飼い主になったひとの処《ところ》で、数カ月、過ごした。(ダンボール箱から出た俺を保護してくれたのは、〝地域猫ボランティア〟とかいうひとだったらしい。んで、俺の飼い主は、そのボランティアに認められて俺の里親になったらしい。)ワクチン注射なんていう、謎《なぞ》の拷問《ごうもん》にも耐えた。(俺にナイトって名前をくれた飼い主は、〝獣医〟っていう謎の拷問をする以外には、喰いものはくれる、撫《な》ぜてくれる、トイレの世話もしてくれる、遊んでくれる、とってもいい奴だった。……なんでこんないい奴が、時々謎の拷問を俺にしたくなるんだか、それはほんとに不思議だったんだが。）

ただ。

俺の飼い主になったひとは、俺が物心ついた時にいた、公園の真向かいに住んでいるので、俺、二階の窓から、俺が〝物心ついた〟公園を、見下ろすことができたのだ。

というか、毎日、〝物心ついた〟公園を、二階の窓から見下ろしていたんだ。

したら。見えたんだよ、俺達がはいっていた、ダンボール箱、その残骸《ざんがい》が。

あ。

ダンボール箱、風に揺れた。

あ。

雨に濡《ぬ》れている。

あ。

俺が、二階から俺がはいっていたダンボール箱を見て、いろんなことを思ってしまったのには、実は、訳がある。

俺のはいっていたダンボール箱。

いや、そりゃ、どうでもいいんだが。

あそこにいた俺の同胞。

薄情なようだが、それも、ま、どうでもいい。親から独立したら、兄弟姉妹のことなんか気にしないのが猫だからな。俺が保護されたんなら、当然、俺の同胞も保護されているだろうと思うし。

ただ。俺のはいっていたダンボール箱には、もひとつ、俺が、執着するものが、はいっている。はいっている筈。

うん、俺を包んでいた、〃あったかいもの〃。

ダンボール箱が、風に揺られるたびに、雨に濡れるたびに、俺は、あの、〃あったかいもの〃のことが心配で心配でいてもたってもいられなくなり……大雨が降った日の翌日、ついに俺は家から出撃した。飼い主が外出する時、まさか俺が外に出るとは思っていなかったんだろう、そんな隙《すき》をついて、一緒に外に出てしまったのだ。んで、そのまま、公園目指して全力疾走《しっそう》。猫まっしぐら。

うしろで、飼い主がなんか叫んでいるのは判っていた。けど、それにかまっている場合じゃない。

うん、だって。

あのダンボール箱が、昨日の雨で、形を保っていられなくなってしまったら。

いや、今まで、あのダンボール箱があったこと自体が奇跡だ、なら、いつだって、ダンボール箱、なくなってしまう可能性がある。

その前に。

その前に、俺には、あのダンボール箱から、絶対に救出しなきゃいけないものがある。

〝あったかいもの〟。

俺を包んでくれていた、〝あったかいもの〟。

俺と、俺の兄弟姉妹を包んでいてくれた〝あったかいもの〟。

あとで。

あれは、〝ムートン〟っていう〝もの〟だということが判った。

これは、どうも、羊という、俺達には縁がない獣の毛皮の一種だっていうことを、いろんな猫から聞いた。

んなもんの毛皮、俺の実の母が用意してくれた訳がない、だから、俺を捨てた、母の飼い主が用意してくれたもんだろうとは思うんだ、そんなもん、ありがたがってる場合じゃねーとは思うんだけど、俺は、ほんとに、ほんとに、あの、〝あったかいもの〟に救われたんだ。あいつが、とっても、好きだったんだ、俺。んで……だから。

あの時。

絶対に、守らなくてはいけないと思った。

雨や風で、ぐずぐずになってしまう前に、あの、ダンボール箱から、救出しなきゃいけないと思った。

俺や、兄弟姉妹を守ってくれた、〝あったかいもの〟。俺が大好きだった〝あったかいもの〟。俺の大好きな匂いと肌触りの〝あったかいもの〟。

そして、俺は、ぎりぎり、間に合ったのだ。

雨と強風により、すでにぐずぐずになりかけていたダンボール箱、その箱の中の、ムートン、〝あったかいもの〟の切れ端を、俺は、無事に確保して、雨風のあまり届かない、大きな木の下、茂みの隅に、隠すことができた。ここにあってくれれば、〝あったかいもの〟は、いつまでも無事でいられる。そんな処に隠すことができた。

が。同時に。

俺は凄い事態に直面することになる。

☆

帰る道がない！

基本、俺が陥った事態は、この言葉で言い尽くされる。つうか、これが、すべてだ。

猫には、テリトリーというものがある。

んでもって、俺は、飼い猫であった筈の俺は、そんな自分のテリトリー、それを全部無視して、とにかく、〝あったかいもの〟を救出する為《ため》に、他猫のテリトリーに対して、突出してしまったのだ。

すると。

くすっ。

「なあんで突出なんかしちゃったのかなあ。無謀よね。無謀すぎるわ」

俺の前に、大きな灰色の猫が現れて、こんなことを言ったのだ。

「あのねー、他猫のテリトリーを侵すって、どんなことか、あなた、知ってる？」

いや、知ってる訳がない。俺は、自分のテリトリーを出てきちまったことは何とか判ってる、けど、他猫のテリトリーを侵したのはこれが初めてで……それがどんだけ猫の間で糾弾される行為なのか、そんなこと、まったく知っていない。

「多分、あんたが帰れる道は、ないよ」

　ここで。あるいは、俺には、他に取る術《すべ》があったのかも知れない。なんたって、俺は、〝捨てられたあと、野生の猫間のルールも知らないまま、ひとに拾われて飼い猫になってしまった猫、しかもまだ子供〟だったんだ。ここで俺が怖《お》じ気《け》づいて思いっきり謝れば、この大きな猫（メスだったんで、俺はクイーンって呼んでいる）、軽く俺のことを許して、テリトリーに帰してくれたのかも知れない。実際、このあとのつきあいで判った、クイーンは話の判る猫だった。

　けど、俺は。まだ子供だった俺は。やっとの思いで〝あったかいもの〟を確保して隠したばっかりの俺は。〝あったかいもの〟をこのままひたすら守りたかった、それだけを考えていた俺は。

「ふうううっ」

　よせばいいのに、全力で、クイーンを威嚇《いかく》してしまったのだ。

　こうなると、当然、クイーン側もそれに準ずる態度を、俺に対してとる。

「ふううっ」

も、俺のか細い声とはまったく違う、ほんとに心から恐ろしくなってしまう、クイーンの野太いとしか言いようがない威嚇の声。そしてまた。威嚇のあとに続く、クイーンの台詞《せりふ》。

「そう来るのね。判ったわ。なら、帰さないからね。……ふううっ」

瞬間、俺、二、三歩あとじさる。尻尾《しっぽ》が、体が、縮こまってしまったことが判る。

そして、あちらこちらから聞こえてくる声。いつの間にか、集まっていた猫達の声。くすくすくす、くすくすくす、笑っている声。

ああ。

俺の家は、すぐそこに、あるのに。見えているのに。なのに、帰れない。

クイーンの脇《わき》をかいくぐって、家に帰る……無理だ。そもそも、あの威嚇を聞いたら、俺にはクイーンに近づくって選択肢がない。それに、クイーンの脇には、いつの間にか、ちょっとちいさな毛足の長い猫がいて、その猫も、笑っている。こいつの名前は、暫定、ポーン。

「あのね、教えてあげようかなあ。僕達はね、家猫が、とっても、ううんと、すんごく、嫌いなんだよ」

ポーンの台詞。同時に、くすくすくす……くすくすくす……聞こえてくる笑い声。見えないけれど、俺の側《そば》には、いつの間にか結構な数の猫が集結しているようだった。

「おまえだって、もとは野良《のら》猫だろ？　この公園で拾われて、家猫になった猫だ。そういう奴が〝突出〟なんかしちゃったら、も、絶対に家に帰さないね、僕は」

くすくすくす……くすくすくす……。ポーンは、笑う。

「だって、憎いもん。しゃくじゃないか」

「おまえどんだけ狭量《きょうりょう》な猫だよっ！」

と、言ってはみたものの、多分、この台詞に意味はない。

だって、おそらくはポーンだって、自分が狭量であるってことを知っていて、そして、こういう行動をとっているのだろうから。

……そして……実際。

俺は、目の前に見えている家に、帰ることができなかった。

ま、とは言うものの。

クイーンとポーンの嫌がらせは、この時だけだった。

丸一日……も、多分、なかった、だろうなあ。

俺が、とりあえずこの二猫の前からひいて、しばらくしてこの二猫が油断した頃を見計らって自分の家へ帰ろうとすると、どこからともなく、この二猫が現れる、そんなことがあったのは、丸一日くらいだった。その後は、俺が自分のテリトリーである、飼い主がいる家に近づいても、この二猫は現れず……ということは、俺、この時、帰ろうと思えば、自分の家に帰れたんだよ。

だが。

俺、なんか、気が抜けてしまったのだ。

うん。気が抜けた。

多分、この言葉が、一番正しい。

気が抜けてしまった俺は、すぐそこに、俺を〝ナイト〟って名付けてくれた飼い主がいる家があるって判っていながら……どうしても、なんでだか、そこに帰る気持ちになれなくなってしまったのだ。

何回も、飼い主の姿を見かけたりもした。

俺の好物だった竹輪《ちくわ》をもって、「ナイトー、ナイトー」って俺を呼んでる飼い主の姿も見た。

でも、そのたびに俺は、大きく迂《う》回《かい》して飼い主を避けて。

だって、なんか……「どの面《つら》さげて帰れるのかよ」って気持ちもあったし……ここで帰ったら、何か〝負けた〟気持ちになりそうだったし……そもそも、二、三日もすると、飼い主なんてどうでもいいような気持ちにもなったし……。

いや、猫って、そもそも、そーゆーもんじゃない？

かくて。この瞬間から、俺は、野良猫になってしまった訳だ。

ナイト。

昔の俺の名前。

もう、それは、なくしてしまった名前なのだ。

☆

そして、野良猫になった俺は、カラスとの戦いに身を投じることとなった。

いやあ、野良猫になって初めて判ったんだけれど。

今の野良猫って、結構保護されているよな。

つーのは、ボランティアってひとの存在があるからだ。

んー、なんか、〝地域猫〟？

野良猫のことをそう呼んで、それを保護しているボランティアって人間のひとが、結構いるのだ。

そもそも、最初に俺を保護してくれたのは、そういうひと達だったらしい。俺を飼い主に渡したのも、このひと達。

また、このひと達は、野良猫に御飯をくれる。

順番にいろんな処を巡回していて、その地域の猫達に、アルミの猫皿にいれた御飯を供してくれるのだ。うん、さっき俺がキングに持っていかれた猫皿、あのお皿の上にあったビーフのキャットフードを出してくれたのが、このひと達。

ただ。

野良猫に無条件に御飯をあげる、こんなことをしていると、野良猫の数がやたらと増える、それを警戒したのか、このひと達は同時に、野良猫を確保してもいたのだ。

とにかく、野良猫を確保する。そして、避妊手術を施す。（つまり謎の〝獣医さん〟に行く〝拷問〟なんだが。あの〝拷問〟に、意味があったって、俺、野良猫になって初めて判った。)

これさえやっときゃ、猫の数が増える危険性はあんまりない訳で、そのあと、ゆっくり、趣味として、猫の保護をする。(……いや……保護された身として、〝趣味として猫の保護をする〟って言うのは、あんまりじゃないかっていう意識は、確かに、ちょっとは、ある。けど……実際の処、そういうものではなかろうか?)んで、拾った猫が小さかったら里親を探す。(俺が、俺のことを〝ナイト〟って呼んでくれたひとに保護されたのは、多分、この制度のおかげ。)

里親である、俺にナイトっていう名前をくれた、そんな〝ひと〟の処を出た後も、俺が命をつなげたのは、ひとえに、この、ボランティアのひと達のおかげ。とにかく、御飯は、結構あるのだ。そして、御飯さえあれば、あとは何とでもなる。

☆

で。

こんな、猫の境遇が許せなかったのが、カラスの一団だったのだ。

いや、まあ、そう思うのも無理はないかなって気もする。

何故《なぜ》かというと。他の猫に聞いた話では。

カラスというのは、野良猫と同じ、「人間社会に属していない生物の集団である」にもかかわらず、なんか、ひたすら、人間から迫害されている動物らしいのだ。

カラスボランティアなんてまったくいない。野良カラスに御飯をくれる人間の集団はいない……っていうか、人間の集団は、ひたすら、カラスを駆除《くじょ》する方向にしか、目が向いていない、らしい。（カラスを駆除して、その肉を使ってカラスパイを作ろうって話まであったんだそうだ。うおお、自分の身に置き換えてみるとほんとに怖いぞ。もし、人間が、猫パイを作って食べようだなんて意見を述べたなら、俺、人間って種族には、生涯にわたって、絶対、近づきたくないもん。）

まあ、あのな。

ひとのごみ捨て場をカラスが漁《あさ》ってしまうことは、よくあるらしい。これにより、ひとがとても迷惑をしている、そんなことも、あるらしい。だから、ひとは、ごみ捨て場を荒らすカラスを害獣に指定した、そんな経緯もあったらしいんだけれど……でも、それをいうなら、猫、は？

猫だって、ちょっと前までは（それに、猫ボランティアがいない地域では今も）、ひとのごみ捨て場を荒らし回っていたよ？

なのに、〝猫ボランティア〟はありで、〝カラスボランティア〟なんて、そもそも考慮外。

これは……あり、か？

☆

「カー、カー、カー。俺は、猫が、大嫌いだ」

キングと。

最初に相対した時、俺は、まず、こう言われた。

「猫。卑怯者《ひきょうもの》」

と、言われても。別に俺は全猫を代表してここにいる訳じゃない、何とも返事に困ってしまう。

「人間とつるむ。情けない」

いや、だから、俺は、全猫を代表してここにいる訳じゃないんだから、返事なんてできないってば。

で、俺が何を言おうか悩んでいるうちに、キングは、アルミの皿ごと俺の御飯をかっさらって、飛んでいってしまったのだ。

あ、このやろ。

俺は、キングにどう返事をするのかを真面目《まじめ》に考えるんじゃなくて、まず、自分の御飯を守るべきだったんだ。


ところが。俺って学習能力が低いのかな、その後も、キングに遭遇すると。

まず、あいつが俺のことを罵《のの》るもんだから、ついつい反論を考え、そんなことをしている間に、キングは猫皿をかっさらって飛んでいってしまう。こんな状況が続いたのだ。

キング以外のカラスに、あんぐりと口をあけた俺の前から、御飯をかっさらわれたことはない。

だから俺、気がつくと、他のカラスやキングを妙に観察するようになってしまい
……そしたら、判った。

キング……こいつ、なんか、変。

☆

キングは絶対に変だ。

そう思ったので、俺、キングがまた俺の前に現れ、「俺はおまえが大嫌いだ」って言った時、非常に残念だったけれど、その時の御飯は諦《あきら》めることにして、キングにこう聞いてみた。

「おまえ、何で一羽ぼっちだ」

俺はそれが不思議だった。

多分カラスは、猫よりも集団行動をとる筈の動物であり、なのに、何故か、キングは他のカラスとつるんでいる気配がない。俺の前に現れる時なんか、いつだってたったの一羽ぼっちだ。一羽ぼっちで、俺のことを罵り続ける。

それが本当に不思議だった。いや、初対面の時、俺が、何でだか判らないが全猫の代表者みたいなことをキングに言われたから、だから余計、それが気になったのかも知れないけれど。

すると。あきらかに、キングは、たじろいだのだ。

「別に俺は一羽ぼっちじゃない」

「ということは、おまえ、ほんとに一羽ぼっちなんだな」

「違う！」

この台詞と同時に。何故か、キングは、飛び去ってしまった。御飯もとってゆかずに。

これで、判った。

本当に、キングは、一羽ぼっちなんだ。

はぐはぐはぐはぐ、諦めていたチキンのキャットフードを食べながら、俺は思った。

その後、他の猫に聞いてみたら、事情が判った。

キングというのは、はぐれカラスだったのだ。

ある意味、俺と同じ。

ほんの小さな子供の時、巣から、落ちた。

子供の時、巣から落ちたカラスは、そりゃ、死ぬしかない。それ以外の可能性はまったくない。

だが。キングは、落ちた時に、ひとに保護された個体だったらしいのだ。

キングを保護してくれたひとは、キングがある程度大きくなるまで彼のことを養育し、キングがある程度大きくなった処で、彼のことを自然に放ったのだ。

確かにこれで、キングの命は助かった。

キングを助けたひとだって、悪気はなかったのだろうと思う。

というか、心からの善意で、巣から落ちてしまったカラスの雛《ひな》を養育し、でも、野生動物をペットにしてはいけないって思い、キングが大きくなった処で、キングを野生に返した。

だが、カラスの集団が、キングのことを受け入れてくれるかって言えば……ま……その……そんな訳はない。

人間の匂いがついたカラス。

キングがカラス集団から受ける扱いは、どうしたってそういうもの。

俺だってね。

ひとの匂いがついた猫。

この公園に定住するようになってから、一月《ひとつき》たっても、二月《ふたつき》たっても、ま、扱いは、そういうもの。

さすがにあからさまに俺を排斥《はいせき》する奴はいないんだが、未《いま》だに、この公園の野良猫達に心からは歓迎されていない、そんなことは、俺だって判る。猫集会にはいれてもらっている、野良猫間での伝達事項もきっちり俺に伝わっている、でも、だが、なんか微妙な処で、他の猫達の俺に対する態度が、違うのだ。

まあ、けど。これはもう、どうしようもない。

それを受け入れて、俺は、この世界で生きて行くつもりだ。

☆

その後も、俺とキングの攻防戦は続いた。

攻防戦……いや、ちょっと、違うのかも。

キングは、俺が口をあけた瞬間、俺の前からアルミの猫皿をかっさらってゆくことをまるでゲームのように繰り返し、そのたびに俺は腸《はらわた》が煮えくり返り、だが。

だが、どうも、他の猫の話を聞く限りでは、キングと俺の関係って、ちょっと変、みたいなのだ。

確かに、他のカラスも、キャットフードを狙ってくる。猫が見ていない時に、キャットフードをたいらげてしまうカラスはとても沢山《たくさん》いる。カラスとの攻防戦は、この公園に住んでいる、すべての地域猫のルーティンワークみたいなものだ。

だが。口をあけた猫の目の前から猫皿ごとかっさらって、どっかへ持っていっちまうカラスは、どうやらキング一羽だけのようなのだ。いや、他のカラスだって、猫が前にいなければ、猫皿ごと御飯をかっさらってゆくことはあるよ、だが、わざわざ、口をあけた猫の目前で、それはやらない。見せつけるようにそれをやるのは、キングだけ。しかも、キングがそれをやるのは、相手が俺の時だけ。

いや、だって。

俺の目の前からアルミの猫皿をかっさらってゆく、その時は、まさに。

まさに、つっこんでくるカラス、それを迎え撃つ猫、そういう意味で言えば。

猫にとって、最高の攻撃の瞬間になるって話に、ならないか？

俺が。

一拍、ゆとりを持って。

「いただきますっ」って口をあけたその時、キングが来るかもって思って備えていれば。ここに、脇からすっと飛んでくるカラス、これ、絶好の狙撃《そげき》ポイントを、自ら与えてくれているっていう話にならないか？

この瞬間なら。俺は、多分、アルミの猫皿を攫《さら》おうとして飛んでくるカラスを、横から迎撃できる。がぶって、カラスの首、そこに俺の牙をたてることができる。

それが判っているから、他のカラスは、こんなことをやらないのだ。だが、キングは、やる。相手が俺の時だけ。

☆

また今日も、キングは俺の目の前からアルミの猫皿をかっさらっていってしまった。

瞬間、俺は、ちょっと煮えたぎる。

いささか前から、キングの行動に疑問を抱いていて……だからやらなかったんだけど、俺、アルミの猫皿を奪いとる瞬間なら、キングの首に牙をたてることができるんじゃないかって思うようになっていて、くっそお、そっちがその気なら、俺は俺でそれをやってもいいんだぞっ。

……なんで俺はこんな気持ちになっているんだろう。

なんで俺は、こんな気持ちになっているのに、キングの首にかじりついていないんだろう。

　キングは、何でこんな行動をとっているんだろう。

　なんか、妙な気持ちがとってもして、俺は、何をどうしたらいいのか、自分でもよく判らなくなって……そうしたら。

「カー、カー、カー」

　大空を旋回《せんかい》していたキングが、いきなり急降下した。

　急降下……え。

　え、え、あの？

　お、俺の、大切なものを、隠している、あの場所へ、だ。

〝あったかいもの〟。

　あれを隠していたあの場所に、何故かキングが急降下して……そして、次の瞬間、
　俺は、目を疑った。

　ああ。一拍おいた後、俺が目にしたのは、最悪の光景だった。

　キングが。

　俺の〝あったかいもの〟を、口にくわえている。

〝あったかいもの〟がくわえられているから、だから、キングは何も言わないけれど、もし、口が自由だったら。きっと、誇らしげに言ったに違いない。

「ア、ホー、ア、ホー、カー、カー、カー」って。

そのまま、キングは舞い上がる。

そして、〝あったかいもの〟をくわえたまま、公園の向かいの二階建ての家の屋上に、舞い降りたのだ。

……あ……。

その建物の屋上で、キングは羽を休める。

口をあける。

その瞬間、〝あったかいもの〟が、そこに落ちる。

そこ……俺達猫が普通には到達できない、公園の向かいの家の、屋上に。

あそこには、多分、アルミの猫皿が沢山ある筈。キングや他のカラス達が、俺達から奪ったキャットフードを盛った猫皿、そういうものが、あそこには沢山ある筈。

（猫皿ごと御飯を奪った後、カラス達は別の処へ猫皿を持っていって、そこでゆっくり食事を楽しんでいるのだ。公園の向かいの家の屋上は、その絶好のポイントのひとつ。それを、俺達猫は見ているんだが、ひとの家の屋上だなんて処へ、猫が到達するのは結構大変で、だから、指をくわえてそれを黙認している。）

そんな処に……俺の、〝あったかいもの〟が、ある。

俺の〝あったかいもの〟は、とんでもない処に持ってゆかれてしまったのだ。

殺してやる。

瞬時、俺は、決意した。

今まで、俺は、何甘いこと考えていたんだよ。キングの事情なんか、考慮している場合じゃない。

キングがその気なら、俺だって黙っちゃいられない。

「ふううううっ」

目の前にキングはいなかったけれど。

俺の決意を込めて。

俺は、全力の威嚇をして、威嚇をして、同時に、目の前の建物を睨《にら》んだ。

あの屋上に、キングや他のカラス達が運んだアルミの猫皿が沢山ある。そして、その中に、俺の、〝あったかいもの〟も、ある。

「ふうううっ」

取り返す。絶対に、取り返す。

「ふううううっ！」

☆

ところが。そう思った直後から、何故か、キングは、俺に構わなくなったのだ。

俺の食事を邪魔しにこない。

俺がキングを殺すチャンスを与えてくれない。

あっちから来てくれないと、さすがに飛んでいるカラスを襲うのは俺には無理で……。

で、キングを殺すっていうオペレーションがなくなった俺は、とにかく一点に集中する。

〝あったかいもの〟奪回《だっかい》作戦。

公園の、向かいの家の、二階の上にある、屋上ってスペース。その、すみっこに放置されているであろう、〝あったかいもの〟。それの奪回作戦に。

あの、〝あったかいもの〟を取り返す為には、公園の目の前、向かい側にある家の屋上に行く必要がある。

その屋上に行けるかどうかって話なら、そりゃ……無理すれば、行ける、ような気がする。

何せ、その家の前には、でっかい石榴《ざくろ》の木と紅葉《もみじ》の木がある。紅葉の方は、結構登れそう。ただ、先の方の枝がほんとに細いので、俺の体重を支えられるかどうか、いささか謎だ。（というか、多分、無理。）それに対して、石榴の方は、下の方の枝がかなり取り払われているので、最初はちょっときついかも知れない、けれど、上の方の枝はかなり太い。

だから、この二つを組み合わせて。

最初は紅葉を登り、途中から石榴に飛び移れば、うん、ああ、二階のベランダまでは、おそらく楽勝で行ける。ま、その、二階のベランダから、屋上まで行けるかどうかが、うーん、石榴の木を伝えばなんとか……いやその……ちょっと謎なんだが……。

いや、こんなことを悩む前に。

その前に。

あの家に行こうと思うだけならば……実は、俺には、もっとずっと簡単に、行ける方法がある。今でもその方法が有効なのかどうか、実は判《わか》らないのだが、多分、あると思う。

何故って……。

家の、入り口（ドアっていうのか？）の前で。

待っていれば、多分、俺は、その家の中に入れる。

それは、何故かって言えば……そこの家というのが、俺に〃ナイト〃っていう名前をくれたひとの家なのであって……。

ああ。簡単に楽な方法になびきそう。俺、一瞬でもそんなこと思ってしまった自分が嫌で……。

だから俺は、絶対にそんな方法をとらないっ！

ぜいぜいぜい。

も、必死になって、俺は、紅葉から石榴へと飛び移り、ベランダがそこに見えていたけれど、そのベランダを無視して、ひたすら屋上への道を探った。

けど。

屋上への道は、どうやったって、なかったのだ。

石榴の木。確かに屋上まで枝を伸ばしている、けど、その枝は、弱すぎる。俺を屋上に届けてくれるだけの強度がなかった。

いや、でも、あと一メートルくらいなんだよ？　その距離をジャンプすれば、俺、なんとか屋上の端っこに、手は届く。

だが、手が届くことが目的なのではない。

俺は、屋上にあがりたいのだ。屋上の端に手を届けたいのではなく。

がさがさ、がさがさ、がさがさ、がさがさ。

俺は、石榴の木を、ひたすら登ったり、別の方向へ目を向けたり、もう一回紅葉に戻ってまた別な石榴の木の枝にチャレンジをしたり、そんなことを繰り返していた。

そうしたら。

「え！　ナイト！」

いきなり。

石榴の木の前には、窓がある。そこで、そこにいた女のひとと、目があってしまったのだ。

「え、ナイト？　ナイト、ほんとにナイトなの、あなた」

目があった瞬間、女のひとは、俺の視界から消えた。

えって思ったら、そのほんの数十秒後、その女のひと、俺の飼い主だったひとは、何故か、石榴の木の下にいた。

「ナイト！　あんた、ナイトでしょ？　心配してたんだよ、ポスターも一杯貼《は》ったの。

……ああ、もう、帰ってきてくれたんなら、それはもうどうでもいいや」

……え？　……え？　……あの？

「降りてきて、ナイト。そんな木の上にいたら、私、あなたに手が届かない」

……何を言っているんだろう、このひとは。

だが。

石榴の木の上にいるのには限界がある。それに、何だかちょっと妙なあったかい気持ちが湧《わ》いてきて……。

だから俺は、ずるずると木から降りていって……そして。

「ナイトっ！」

飼い主の腕の中に、収まってしまったのだ。

「なんて悪い子なんだろ、どんだけ私が心配したと思っているの？」

よく見ると、飼い主だった女のひと、裸足《はだし》だった。人間は、外に出る時に、絶対に靴を履くことに決まっている、それを考えると……。

「莫迦《ばか》猫、莫迦猫、莫迦猫」

俺のことを罵倒《ばとう》しながらも、何故か、飼い主は、俺のことをぎゅっと抱きしめてくれる。

「……でも、帰ってきてくれて、ありがとう」

☆

キングが。

何を考えて、俺の〝あったかいもの〟を、あそこに持っていったのか判らない。いや、考えると、微妙に〝判る〟ような気がしてしまうから、俺は、あえて、それを考えないようにしている。

俺は今でも、キングを殺す気満々だ。

あいつが、次に俺の前に姿を現したら、俺は、絶対に、あいつを殺す。

けど、殺す前に。

ひとことだけ、「ありがとう」って言ってもいいような気が、今はしている。

俺の〝あったかいもの〟は、俺が住んでいるこの家の屋上にある（らしい）。

俺、それは把握していないんだけれど……所在が判っていて、しかもそれが〝俺の家〟ならば、ま、それは、ちょっとは安心ってものだろう。

ただ。
俺に関しては、以前に言ったことに、変更があった。
俺は、猫である。
名前は、ナイト。

〈FIN〉

妾《わたくし》は、猫で御座います

妾《わたくし》は、猫で御座います。

名前は、まあ……「ファー」って呼んでいただければよろしいのではないかと。正しくは、フルネームで、「バクテリオ・ファージ・T4」と申すのですが、ですけれどね、この名前は、さすがに、如何《いかが》なものかと。だって、これ、どこからどう聞きましても、字面《じづら》をどう眺めまわしてみましても、猫の名前とは言い難いのではありませんか？ これを、〝猫の名前だ〟と強弁するのは、本猫である妾に致しましても、いくら何でも。……ちょっとその……何と申しますか、致しかねます。
と、まあ、このような名前を猫につける処《ところ》からして、妾の主人である〝陽子さん〟というひとが、あまりまっとうなひとではないことは、お判《わか》りいただけるのではないかと思っております。はい、このひとは、〝小説家〟というものを生業《なりわい》にしておりまして、あら、おやまあ。どうやら妾の先達である、〝名前はまだない〟猫の御主人と、同じ生業でありますわいなあ。(いえ。お話の中では、〝名前はまだない〟猫の方の御主人、教師をやってらっしゃるのですが、このお話をお書きになった方が、最終的に日本有数の小説家になったことは、ほぼ日本の常識ではないかと思われます。）

小説家。

この生業はいけません。おそらく、まっとうな商売ではないのではないかと、妾なんぞは愚考致します。いえ、飼われている猫の分際で、飼い主の生業についてこのようなことを申し上げるのは、これまた如何なものかとも思うのですが、ですが、多分、この感覚は正しい。（いや、その前に、〝名前はまだない〟猫の御主人と、妾の主人を同列に扱ってはいけないのではないかと、さすがに、妾でも思います。人間的、世俗的意味で、〝格〟というものが御座いますでしょう？　多分、この二人は、同じ仕事を生業にしているとは言え、いえ、それだからこそ、余計に同列に扱ってはいけないものではないかと。ですが、それはそれ。人間界の勝手な事情で御座います。そういう、人間の社会の中での意味合いをすべておいておくとしても、そういう話はすべてなしにしても、それでも、〝小説家〟という生業はまっとうなものではない。これは、これだけは、心から主張したい、絶対的な事実であると、妾は確信しております。）

そもそも、主人が勝手につけてくれました、妾の名前である、猫の名前とは思いにくい、「バクテリオ・ファージ・Ｔ４」とは何であるのか。

これは、主人である陽子さんに言わせると、「生き物であるって言っていいのかどうか微妙な感じがする謎《なぞ》のもの」の名前なのだそうです。何でも自分ひとりでは何もできない、ただ、生き物であるバクテリアにとりついて、そのバクテリアの中に、自分の遺伝情報をすべて放出してしまい、そのバクテリアの体内器官を使い、自己の複製を作り、結果として、そのバクテリアを溶かし、自分の複製をバクテリアの体外に放出する、増殖以外何もしないもの、そういう存在なのだそうです。(この説明で、バクテリオ・ファージが如何《いか》なるものであるのか、お判りいただけましたでしょうか？　実は、妾にはまったく判りません……。何でも、〝バクテリオ・ファージ〟というのは、〝バクテリアを食べるもの〟という意味の言葉なのだそうですが、妾、バクテリアなんて食べたいと思ったことは一回も御座いません。おいしいのでしょうか？　バクテリアって、日本語にすると細菌なのだそうで、絶対においしくなさそうでは御座いませんか。というか、食べたらお腹《なか》を壊すに違いないと思います。)

　そういう、「生き物であるって言っていいのかどうか謎だ」なんて、自分で思っている存在を、「ファージにとって〝生きている〟ってどんな状態なのかなー、この子の一生ってどんな気分なんだろう、それにもう、何かの機械にしか思えないこの形状！　これ、可《か》愛《わい》いー、すんげえ可愛いー」って評価する陽子さんの感性。また、挙げ句、その存在の名前を、自分の猫につけてしまう、こういう、陽子さんの姿勢。これは、如何なものなんで御座いましょうか。妾としましては、愁《うれ》うばかりで御座います。

ファージという名前を聞いた時。世の中には、様々なひとがいます。様々な反応が御座います。

「あ、ファー（fur）？　毛皮？」

などとまあ、言ってくださる方もいらっしゃいまして、ああ、そういうひとは、本当に有り難い。英語の〝ファー〟には、確かに〝毛皮〟という意味が御座いまして、確かに妾、もこもことしております。かなり、〝毛皮〟っぽいです。ですので、妾の名前の起源が〝毛皮〟だったのなら、それはそれで納得できるのですが。

「ファッジ（fudge）？　お菓子？」

なんて言ってくださる方もいらっしゃいます。これも本当に有り難い。妾に致しましても、〝細菌なんていう、絶対に食べたくないものを食べるという意味の名前〟より、本当においしいお菓子を名前にしていただいた方が、なんだか嬉《うれ》しいような気が致します。

ところで。妾が、この家で、今、何をしているのかと申しますと……非常に僭越《せんえつ》ながら、主人である処の、陽子さんを、守っております。

いえ、あの、ね？

ひとは、何故《なぜ》、猫を飼っているのか。話はそういう処にまで、遡《さかのぼ》ってしまうのですが。

ひとは、何故、猫を飼っているのか。「猫が可愛いからだ」と仰《おしゃ》る方は、とても沢《たく》山《さん》いらっしゃいます。というか、ほぼ、大多数の方が……この意見？

妾、この意見に異論は御座いません。とても正しい御意見だと思います。はい、猫は、可愛いのです。妾を含め、すべての猫は、そもそも存在論的に言って可愛いのですから、この御意見に間違いは何ひとつ御座いません。

けれど、それを言うのなら。〝可愛い〟動物は、他にも沢山、いますでしょう？

妾思いますに、やもりさんなんて、とても、とても、可愛らしいです。もう、見つけたら最後、どうしたって手を出さずにはいられない、ちょいちょいって引っかけて、思いっきり遊び倒したくなる可愛らしさです。ついうっかり殺さずにはいられない程の可愛らしさです。

蚯蚓《みみず》さんも、普段家の中にばかりいる妾は、あんまりお目もじすること、叶《かな》いませんが、可愛らしさではかなり上の方にいらしていると存じます。稀《まれ》に外に出た時。お庭で。地面から、ちょっと覗《のぞ》いている蚯蚓さんを、爪《つめ》で引っかけて釣り上げる、ああ、この時の、蚯蚓さんの可愛らしさときたら！　くねくね、くねくね、体をまげて、妾の爪から逃《のが》れようとする蚯蚓さんの可愛らしさときたら！　わはははははい、誰が逃すものですか。この可愛らしい蚯蚓さんを、妾は、妾は……。ええ、こんなに可愛らしい生き物、他にあんまりいないのではないかと、妾は思ってやみません。

　ゴキブリさんも素敵です。あの方々は、家の中にも時にはいらっしゃいますので、妾も稀にお目にかかるのですが、あの方々、なんだかもう、本当に本当に打たれ強い。家の隅で、かさって音をたてたゴキブリさんを素早く発見、ぱしって叩《たた》くのは、もう、なんだか猫の本懐って気分なのですが、これで、ゴキブリさん、なかなか素直に、すぐには、お亡《な》くなりにならない。凄《すご》いです、素晴らしいです。ふっと目をそらすと、すすすって逃げていってしまうゴキブリさん。それを再び、目にも止まらぬ速さでぱしっと叩く妾。ああ、猫に生まれてよかった、猫で幸せだって思える瞬間ですよね、これ。これを味わわせてくださるゴキブリさんは、〝可愛い〟のとはちょっと違う、もう、素敵としか言いようがない存在です。

ですが。不思議なことに、やもりさんや蚯蚓さんやゴキブリさんは、人間のひと、あんまり、可愛らしいとも素敵だとも思わないようなのですね。やもりさんや蚰蜒さんのことを可愛いっていう人間のひと、妾は寡聞《かぶん》にして存じあげません。ゴキブリさんに至っては、どうやら嫌われてすらいる風情《ふぜい》があります。（妾の主人である陽子さんを除いて。このひとは、世界に存在する、ほぼすべての生き物を、問答無用で〝可愛い〟って思ってしまうひとのようなんです。……これはこれで、如何なものであろうかと、妾は思うのですが。）何故なんでしょうか。本当に不思議です。

って、話が、いささか、ずれましたよね。

はい、話を戻しましょう。

ひとが、何故、猫を飼うのか、その理由を、今、妾は考察していたのですね。そして、「一般的には、猫が、〝可愛い〟からだ」という理由を、唯今《ただいま》、妾は論理的に検討している処です。

ここで。大変大きな疑問がでてきてしまいました。はい、あんなに可愛いやもりさんや蚰蜒さんが、あんなに素敵なゴキブリさんが、何故か一般的には、可愛いとも素敵だともいう評価を得ていない。（少なくとも陽子さん以外のひとからは、あんまりこの評価を得ていない。）これは、不思議というにもあまりに不可解な事態であって……。

こんな事態がまかり通る以上、人間のひとが思っている、〃可愛い〃という言葉には、あるいは何らかのバイアスがかかっている可能性が高いです。〃ひと〃という生き物の、〃可愛い〃〃可愛くない〃という感情には、論理性というものがないのではないかと思われます。

これは、とても大きな問題です。

ひとという生き物は、〃可愛い〃〃可愛くない〃などと、口では言いながら、実はその判断の根拠が、まるでない。ひとという生き物の〃可愛い〃の基準は、おそろしく恣《し》意《い》的であり、客観的な根拠がまるでない。

事実、そうではあるのですが（ということを、妾は体験として知っているのですが、体験として知っていることを〃事実〃に混ぜてはいけないと思ってもいます）、これはもう、どうしたらいいのでしょうか。

この場合、ひとまず、それをおいておくのがよいのでしょうか。

それを、おいておいて。あくまで、新たな問題提供として。次のような問題を提示するのがよいのでしょうか。

〃可愛い〃関係は考慮から外すとして。それでは。何故、ひとは猫を飼うのでしょうか。

あ、勿論《もちろん》、当然、妾達猫が本当に可愛いからですよ？　これだけは疑って欲しくはないです。妾達猫は本当に可愛い、ですので、「猫が可愛いからひとは猫を飼う」という理由は、かなりの部分、とても正しい、でも、やはり「本当に可愛いやもりさんや蚯蚓さんを無視する」処からして、人間の言っている〝可愛い〟という理由は、全面的に正しいものとは言い難いのです。これらの事実を勘案しますと、おそらく、ひとが猫を飼う理由には、人間が意識していない、まったく別種の理由が、ある筈《はず》なんです。

勿論、猫は〝可愛い〟のですが。その理由はとても大きいのですが。ですが、それ以外の理由が、絶対に、ある。あるとしか思えない。ある筈なんです。

はい。

答は、とても簡単です。陽子さんが意識をしていないだけで、人間のひとがそれを意識していないだけで、実は。

実は、妾が、猫が、陽子さんを、ひとを、守っているからです。前にも言いました。この家で、妾が何をしているのかって。実は、妾は、陽子さんを、守っているのです。ただ、陽子さんが、そして、ひとという種族が、それを認めたくないから、だから、それに気がついていないだけなので御座います。

はい。

妾達猫は、ひとという種族が認めていないだけで、実は、ひとを、守っているのです。そこの処、ぜひ、お含みおき下さいますよう。

妾達猫は、そういう種族なので御座います。

☆

先日。クリスマス、と、いうのでしょうか、いわゆる耶蘇《ヤソ》のお祭りですね、その前の日に。（クリスマスというお祭りは、何故だか判りませんが、不思議なことに、前日の方が盛り上がってしまうらしいのです。イブ、と、いうらしいです。不勉強にも妾は、最初、この〝イブ〟というのをevening の略だと思っておりました。ですが、これだと、クリスマス・イブというのは、クリスマスの夕方ということになってしまい、実情とは違ってきてしまいます。そうなんです、違うのですね。これは、あくまで単独の〝eve〟という言葉であって、これは、〝前夜〟という意味なんだそうです。そうです、つまり、〝クリスマス・イブ〟は、〝クリスマスの前夜〟という意味なんだそうです。）

妾の主人である陽子さんは、お客様を迎えました。妹さん御一家。具体的に言えば、妹さんと、その配偶者である義弟さん、甥御《おいご》さんと姪御《めいご》さん。

陽子さんの旦那《だんな》さまと一緒に、みなさま、何でもこの日の恒例であるという、ローストチキンという鶏肉《とりにく》を食され、大人達は和やかにワインという紅《あか》いお酒を嗜《たしな》まれ、和気《わき》藹々《あいあい》と過ごされたのですが。

その時、ふいに、甥御さんが。

「痛《い》て」

って、言ったのですね。

「おばちゃん、なんか、痛い」

「って、何」

この家のリビングの床は、フローリングという仕様になっております。この家には他に畳の部屋が御座いますので、それで妾、断言できるのですが、フローリングというのは、とてもつまらない床です。固いし、爪はたたないし、それでも何とか爪をたてようとしますと、つるつる滑ってしまいます。暖かみがあり、爪をたてることが容易であり、しかも日本古来から愛されている畳を排して、何故、こんなつまらない床を、それも、リビングなどという、家族が集まる大切な処に施すのか。これは、本当に謎です。

ま、とは言いますものの、陽子さん、この床に、ホットカーペットというものを敷いており（これは、どういう訳なのか冬場は暖かくなるので、妾としては許せるものです。しかも、爪を非常に研ぎやすい材質をしております。素晴らしいです。……ただ、ここで爪を研ぐと、陽子さんがひたすら怒るので、これだけは妾には納得ができないのですが）、その上に座布団《ざぶとん》を載せて、正座してちゃぶ台を使っています。正座をするのなら、畳の方が、遥《はる》かにいいのに。陽子さんの、いえ、人間の生活様式には、謎がとても多いのですが、フローリングの床で座布団を敷いてまで正座をするという陽子さんの生活様式は、妾にとって、解けない謎のひとつです。（また。フローリングの床の上にホットカーペット敷いて、その上に座布団を敷いて正座をしてちゃぶ台を使うという、陽子さんの生活様式は、どうやら、普通の人間のひとから見ても、おかしいらしいです。繰り返しますが、何故、陽子さんがこんな不思議な生活様式をとっているのか、妾にしてみれば本当に謎です。）

ま、それはさておき。

座っていた甥御さんが、急に言ったのですね、痛いって。

驚いた陽子さんがそれを追及した処、甥御さん。

「こんなものが足の下に挟まってた」

って、何やら白いものを陽子さんに示したのでした。白い、見るからに硬そうな、何かの破片のようなもの。

「なんか、座布団の下にこれが挟まっていたみたい。だから、痛かったんだー」

「ああ、ごめん、ごめん」

陽子さん、慌《あわ》てて謝り、そしてそれから。

「それ、多分、貝の破片だわ。うち、今、オール電化の家ってことで、コンロが全部ＩＨになってるじゃない。だから、直火《じかび》で何かをあぶることができなくって……で、この間、ここに、携帯用ガスコンロ置いて、そこで貝を焼いてみたんだわ。その時、貝がなんだかやたらと爆《は》ぜて、だから、その破片が、あんたが今いる処まで行っちゃったんだ」

……まあ……事実は……そう、だったんでしょう。それを妾も否定は致しません。ですが陽子さん、これは、この状態は、掃除の不備だと、普通は申し上げます。

「おお。コンロで焼くって、焼き蛤《はまぐり》ですかあ。いいなあ、うまそうですよね」

って、これは、陽子さんの掃除の不備をあげつらってはいけないと思った、だからそれを無視してくれた、とてもありがたい義弟さんの台詞《せりふ》。

「いや、焼き蛤は、無理だった。……だって、蛤って、結構高いんだもん」

なのに、それに対する、この情けない台詞が陽子さん。

「蛤が無理だったんでね、代用の貝で。網の上に貝を載せて、ガスコンロで焼いていって、貝が口を開けたら中にお醤油《しょうゆ》投入。貝の中から水分がでてくるじゃない、そこにお醤油いれて、お醤油とその水分が混じったところで、ぱくっておいしくいただくの」

「おお、うまそー」

「おいしかったよ、実際」

「でも、蛤が無理って……お姉ちゃん、蛤なしで、それ、どうしたの。あさりやしじみじゃ……ちょっと小さくない？ 大きいあさりなら何とかなるような気もするけど、しじみでそれは無理だよね」

って、これは、陽子さんの妹さんの台詞。

「んー……ホンビノス、貝？ なんか、そんな名前の貝。最近、近所のスーパーで、よく売ってるの。けっこ安いよ。んで、見た目と味は、蛤に似てるし」

「え！」

　ここで、甥御さんがいきなり介入。

「ホンビノス貝？　おばちゃん、ホンビノス貝、食べたの？　食べちゃったの？　ホンビノス貝を！　つーか、俺が痛かったのは、ホンビノス貝の破片があたったからかよお」

　何でここで甥御さんが急に介入してきたのか、そもそも陽子さんには判っておりません。しかも、甥御さん、なんだかしみじみと、自分の膝《ひざ》の下から回収された、貝の破片を見ている風情ですし。

「ホンビノス貝って……食べちゃ、いけなかった……の？　何で？」

「いや、だって、ホンビノス貝だろ？」

「うん、だから、ホンビノス貝。蛤の代用になるって、白ハマグリってスーパーのポップには書いてあったと思うんだけれど……これに、何か、問題が？」

「いや、だって」

　ごっくん。一回、唾《つば》を飲み込むと、甥御さん。

「この前、ちょっと、生物の寿命について調べたんだけれど……〝寿命〟とか〝最長〟って言葉でスマホで検索かけると、その時でてきちゃったのが、ホンビノス貝なんだよ。世界最長寿の生き物ってなカテゴリーにいて、なんか、五百歳超えてる奴《やつ》が、いたんだと思う。だから覚えていたんだよ。四百年くらい、平気で生きますっていう貝なんだ。……んで……そんな貝を……食べちゃったの、おばちゃん。焼き蛤の代用って感じで、四百年の歴史を、一瞬で。しかも俺の足にあたったのが、そんなホンビノス貝の破片って。じゃ、俺の足にあたったのは……四百年前の……」

「えええええー、食べちゃいけなかったの？」

って、陽子さんが言った瞬間、妹さんが。

「四百年から五百年生きている貝？　つまり、その貝、1600年代から生きていたってことになる訳？　……んでもって、1600年って……」

「江戸幕府ができた時代だなあ」

陽子さんの旦那様が、余計なことを言ってしまったせいで、事態は見事に紛糾します。

「あ……あたし、江戸幕府ができた頃の貝を……食べちゃった、って、こと、なの？　そんな、歴史の証人みたいな……そんな貝を……網に載せて焼いてお醤油つけて、あらおいしいって……」

「いや、お義姉《ねえ》さん、それは多分違います。違うと思います。きっと違います。いや、貝って、きっと、長く生きていればいる程、どんどん大きくなるでしょう？　四百年生きた貝は、もう随分大きくなっている筈。けど、お義姉さんは、普通の蛤くらいの貝を食べたんでしょう？　なら、そんなに年とった貝じゃ、ないと思いますよ。もっとずっと若い……」

「でも、若いなら食べていいっていう理屈は成り立たないと」

「んなこと言うなら、そもそも、年とってるから食べちゃいけないっていう理屈も成り立たないと思う」

「その前に。〝ホンビノス〟っていう名前が、そもそも、謎だ。これは日本語じゃないような気がするから……きっとこの貝、江戸の頃には日本近海にいなかったんじゃないかと」

このあたりで、こちらもまたスマホもってる姫御さんが検索。

「ホンビノスって、こんな字書くみたい。本美之主」

「うわあ、見事に偉そうな字だあっ。神話の時代から考えると、神様の名前って、みんな、なんか縁起がよさそうで偉そうな字ばっかりあてているよね？　天照大神《あまてらすおおみかみ》とか、高御《たかみ》産《む》巣《す》日神《ひのかみ》とか。そーゆー意味で、本美之主って、なんかいかにも縁起がよさそうで偉そうな字ばっかりじゃない？　つー、ことは、これ、とても古くからいる、日本古来の貝な訳？　その、日本古来の、それも四百年だの五百年だの生きた奴を、あたしったら……」

「あ、おばちゃん、それ、違うわ。この貝、割と最近日本にきた奴みたい。ただ、ビーナス属にはいってるって、最初の頃思われていて、だから、〝ビーナス〟属で、〝美之主〟っていう字があてられたみたい」

　ああ。妾思いますに、スマホというのは、すっごい発明です。これは、ひと、一人一人が、〝すぐに参照できる辞書と事典〟を携帯しているということなのだろうと思います。そして、本当の書籍である辞書や事典の場合、それを所有しているひとは、多分、疑問があった時、すぐにそれらにはあたらないと思うのです。と申しますのは、まず、そういうものを〝携帯〟しているひとがいないからですし、家に帰ってからそういうものを参照するのがめんどくさいからですし、家に帰った頃には、最初の疑問を忘れてしまっているケースが多いからではないかと思います。けれど、スマホの場合、非常に多くのひとが、何か不明なことがあった時、すぐさまそれを検索できるのですから。

　妾の主人である、陽子さんは、何故か〝スマホ〟というものを持っていないのですが（多分、使いこなせないであろうって、自分で思っているからでしょう）、こんな、甥御さんと姪御さんの言葉に、こくこくこくって頷《うなず》いて。

「で、結局？」

「さすがに、スーパーで売っているものは、そこまで長生きしている奴じゃない、普通の貝なのではないのかと。なんか、昨今、あっちこっちでとれて、蛤の代用になる貝みたい」

いえ、あの。〝長生きしていないから食べてもいい〟、〝あまりにも長生きしているものは食べてはいけない〟って、そもそも、初期設定が、間違っているような気がするのですが。ですが、それを言ってしまえば、すべてが、訳判らなくなりますよね？

まあでも。この時、陽子さんは、〝自分は江戸時代から生きていた貝を食べた訳じゃない〟と判り、ちょっとほっとして。

ですが。妾には、いささか違った思い出があります。

あの時。

確か、あの時、妾、陽子さん達が貝を食べようとしたの、邪魔した筈で……。

「江戸時代から生きてる貝って訳じゃないのか。うん、それはよかった。……あ、でも、そー言えば。確かあの時、ファーが乱入してきちゃって……だから、なんかこの貝、食べちゃいけないのかなーって思ったような記憶もあるぞ。んで今、余計、〝あの貝って食べちゃいけなかったの？〟って思っちゃったんだわ、あたし」

はい、それは、正しいです、陽子さん。妾はあの時、ちゃぶ台の上に携帯ガスコンロをおいて、その上でホンビノス貝を焼こうとしていた陽子さんの肘《ひじ》に、ひたすら鼻面を押し当てて、それを邪魔しようとした記憶があります。最終的には、ちゃぶ台の上に乱入して、ガスコンロごと、この試みを粉砕しようとしたのでしたが……。

ですが。

それは、結果的に、無理でした。

妾が、どんなに「にゃーにゃー」言ってみても、鼻面を陽子さんの肘に押し当ててても、それでぐいぐい押してみても、それでも、陽子さん、これをまったく聞いてくれずに。妾の言っていることを、まったく、無視して。だから、最終的に、妾は、この試みを粉砕しようと、一回はちゃぶ台の上にまで登ったのですが、陽子さんの旦那様が、無造作に、「ファー、やめろ」って言って、妾のことを手でおしのけたので……この妾の特攻も、無駄に終わってしまったのでした。そして、この特攻が無駄に終わったせいで、結果として、爆ぜてしまった貝の破片がそのあたりに飛び散り、最終的に甥御さんの足の下に挟まり、甥御さんに文句を言われる仕儀になった訳なのですが。

ですが。

あの時の、妾には、妾なりの、理屈があります。ありました。

だって！　だって、貝！　貝、です、よ！

この時、陽子さんが食べようとしていたのは、貝でありまして、貝というものは、怪しいのです。

　世の中には、〝貝毒〟というものがあります。

　これは猛毒です。

　これにあたってしまった人は、死ぬことがあります。

　はい、貝には、確かに非常に稀ですが、人に対する致死性の毒がある可能性がある訳でして、妾と致しましては、そういう可能性がある以上、この貝を食べてしまった場合、陽子さんがそれに当たる可能性がある以上、是が非にも、何をおいても、その可能性を除去するのが、取りうべき最上の行動なのではないのでしょうか。今、思い返してみましても、この妾の判断に、間違いはないと思われます。（昨今では、貝毒は、生産者や自治体などがとても厳重に管理している、故《ゆえ》に、スーパーで売っている貝には、まずそんなことはない、と、まあ、そういうことは、この際、おいておきます。）

　ですので。妾は、何とかして、陽子さんと旦那様が、この貝を食べるのを邪魔しようとして……そして、できなかったのですが。

……。

……いえ。

……本当の処を申し上げますと……ちょっと……違うの……かも、です、ね。

妾。

興奮しておりました。興奮してしまいました。

と、申しますのは。妾、直火というものを見るのが、実はこの時が初めてだったので御座います。この家では、調理はＩＨというもので、普通なされております。あれは、なんで御座いましょうか、妾にはよく判らない理屈で、とにかく、お鍋《なべ》の底が熱くなり、その熱でもって煮炊《にた》きをしているのですね。ですので、携帯用ガスコンロ、で、御座いますか、そういうもので調理されている〝もの〟を見たのは、これが初めて。直火、というものを見ましたのは、これが、初めて。

これがもう、何とも魅力的というか、何とも抗《あらが》いがたい感覚を妾の中に呼び覚ますとでも申し上げましょうか、同時に、何とも怖くて怖くてしょうがないとでも申し上げましょうか……。

ちろちろと、赤い舌が這《は》ってゆき、それが、網の上の貝を熱している。

その、赤い舌が、とても魅力的であり、とても誘惑され、何かしらちょっかいを出したい気分が抑えきれず、とはいえ、古来からの猫の本能として、この赤い舌に手を出してはいけないという気分もまた、どうしようもなくあり、結果、妾はどういたしていいのかよく判らなくなり……いえ、その前に。そもそも、これは、こんな赤い舌は、家の中にはあってはいけないものだという気分が、抜き難く妾にはあった訳で……結果、どうしてよいのか判らなくなった妾はひたすら鼻面で陽子さんのことを押し、押しても押しても話が進まず、もっとどうしていいのか判らなくなり……最終的に、特攻をしかけ、それが不首尾に終わり、でも、気分は収まらず……。

そんなことがあったのは、事実で御座います。

「ファーって言えばさあ、この間、ひっどいことがあったのー」

紅いお酒が結構まわったのか、陽子さん、口が軽くなります。そんな状態で、妹さんに、愚痴を零《こぼ》すっていう雰囲気で。

「うちに来たお客さまの上着が、その辺にずっとあったんだよね。……いや、その辺にずっとあったっていう言い方は変か、お客さまが来て、あたしとしゃべってて、暑い日だったから、お茶いれたあと、お客さまはいつの間にか上着を脱いじゃって、その上着はその辺にほったらかしで」

はい。フローリングにテーブルを置いている家庭でしたら、普通、脱いだ上着は椅《い》子《す》の上とか椅子の背とか、そういう処に置かれるものではないかと思いますが、フローリングの上に座布団敷いて座っているこの家庭では、床の上、〝その辺〟に、上着、置かれてしまいます。

「うん」

「んで、用事を済ませて、いざ、そのお客さまが帰ろうって時に。改めて、お客さまが上着を着ようとしたら、なんか、しめっぽい……っていうか、あからさまに、濡《ぬ》れていたんだよね、その上着」

「……って？」

「『え？　あれ？　なんか、濡れてますよこれ』って、お客さまが言った瞬間、あたし、どうしようかと思っちゃった」

「……って……もしかして……」

「上着に近づいた瞬間、判った。猫臭い」

「……って……あの……やっぱり……」

「いつの間にか、あたし達が話に夢中になっている間に、ファーがおしっこひっかけてたのー」

「ですかね、やっぱり」

「も、謝り倒して、幸いなことに、上着の中に、手帳だのお財布だの、濡れたらまずいものがなかったことだけを確認して、『すみません、うちでクリーニングします』って話になって。でも、猫のおしっこの臭《にお》いって、クリーニングじゃ完全にはとれないのー。無理なのー。最終的に、弁償したわ」

　陽子さん、クリーニング業者の方に、言われたそうです。そもそも、動物のおしっこには、マーキングという意味があるのだから、これは、単に洗っただけでは簡単にとれない。単に洗っただけで簡単にとれるような臭いでは、そもそも〝マーキング〟の意味がない、と。

「……あ、だから、そのあと、うちではお客さまが来る度に、『猫におしっこひっかけられてまずいものは、この部屋に隔離お願いします』って、まず、お客さまを和室に案内することにしてるんだけれど」

「お姉ちゃん、私達、この家に来た時、そんなこと言ってもらってない」

「ああ、あんたは身内だから、つい忘れた」

「身内でも、コートや上着に猫のおしっこひっかけられるのは嫌だ」

「だよね、ごめん。んじゃ、猫におしっこひっかけられて困るものは、こっちに隔離を……」

「今更？　今更それ言ってどーする」

「あ、いや、ごめん」

そんなやりとりが御座いまして。改めて、妹さん一家は、妾の目の前で御自分達の荷物をすべて和室にいれまして。これは、妾にしてみれば、もう、失礼だとしか言いようがない事態なのですが……以前、やってしまったことを考えれば、これはもう、いかんともしがたいのではないかと……。

やってしまったこと。

はい。

確かに妾は、この家に来たお客さまの上着に、おしっこをひっかけました。

ですが！　これにはちゃんとした事情があったので御座います。

何と申しましても、この方の上着の内ポケットには、煙草《たばこ》というものが、箱ごとはいっていたんで御座いますよ。

臭いでそれが判った瞬間。妾は思いました。これは、放っておいてはいけない、と。はい、だって、煙草！　これは、火事の原因になり得ます。失火、という火事の原因で、煙草の火の不始末というのは、かなりの上位を占めていると、妾、聞き知っております。

これは火事の原因になる。

そう思った瞬間、妾は、この原因物質を「消火」しようと思いたったので御座います。

発火する可能性があるものを消火する、その一番簡単な方法は、水をかけること。

そう思いましたので、妾、このひとの上着を前にして、水を探し、でも、そんなものは家の中にそうおいそれところがってはおらず……一番簡単な〝水〟として、妾の、おしっこをひっかけてみました。

はい。

これは、〝水〟です。

妾は、単純に、消火を試みたんです。

……まあ……その……〝火のついていない煙草は、まったく火事の原因にはなり得ない〟って言えば……それはそうなんですが……妾は、あくまで、火事が怖くて、火事を恐れて、火事が起こってしまったら陽子さんがとんでもなく悲惨なことになると思い、陽子さんを、主人を守る為《ため》に、その方の上着におしっこをひっかけたんですよ？

……その……。

妾が上着におしっこをひっかけた方は、お家《うち》で二匹の猫を飼っていらっしゃる、そんな話は、妾の知ったことじゃ御座いません。

二匹の猫の臭いが、妾をして、こんな過激な行動を取らせてしまった。

……そういう考え方も……まったくない、とは、申しませんが、そんな考え方、些《さ》細《さい》な、いわば、まあ、その、重箱の隅をつつくようなものですよ、何の生産性も御座いませんよ、とも、また、申し上げておきます。

貝の時も上着の時も、妾は、主人を守っているのです。

☆

と、さて。

ここまで、妾の問わず語りにお付き合いをいただきまして、誠にありがとう御座いました。

ところで……炯眼《けいがん》の読者の方は、もう、気がついていらっしゃいますよね？

妾の、この〝問わず語り〟には、おそらく、人間のみなさまをして、〝謎〟だと思われる要素が、多々、含まれているということに。

はい。

〝名前はまだない〟先達の方は、毎日、家の外に出ていらっしゃいました。というか、昔の猫は、普通、家の中にばかりいないものなのです。むしろ、御飯時以外は、家の中にいない方が普通でした。ですので、他の猫の方々と、いろいろお付き合いがあり、そこでさまざまな情報を収集する。

ですが、妾は、まず、滅多に家の外には出ません。出ることができません。ですので、蚯蚓さんにはなかなかお目もじできなくて、これは本当に残念です。というのも、陽子さんが、妾が外出しないよう、様々な策略を巡らせているからです。(まあ……あくまで、人間目線で言えば、猫の伝染病などが怖いから、なんだそうですけれども。)

なのに、妾は、実に様々なことを、知っております。

おそらくは、〝名前はまだない〟先達の方より、総合的に、いろいろなことを知っております。

ここで、一回、まったく違うお話を致します。

妾は、雌猫です。そして、雌であるが故に、避妊手術をされました。なんでも、これにより、雌猫の寿命は、かなり延びるのだそうです。ですので、繁殖を考えていないペットの場合は、これをやるのが今では普通なのだそうで御座います。先達の、〝名前はまだない〟お方の時代とは、ものごとがまったく違ってきてしまっているので御座います。

ちなみに、この時、妾の意見は、まったく聞いていただけませんでした。いえ、たとえ聞かれたとしても、生後数カ月の妾には、何の意見も申し述べようがなかったとは思いますが。自分の寿命が延びるより前、生き物である猫としては、〝あくまで普通に繁殖し、次の世代に自分の命を繋《つな》ぐこと、それこそが大切なのだ、そのせいで、自分の寿命が短くなっても、それに何の文句もない〟、そんな考えを思いつくよりずっと前に、妾は手術をされてしまいました。

そして、また。雄の猫の方々も、おそらくは、雌である妾よりはましとはいえ、〝寿命を延ばす為に〟〝できるだけ長く健康でうちの子でいてもらえる為に〟、昔とは違うことを、御主人にやられているのではないかと愚考致します。

そして、こんなことが続けば。

どうなると、思いますか？

はい、猫の寿命が長くなってしまうのです。それこそ、自然状態ではあり得ない程長くなってしまうので御座います。

陽子さんが、「そんな時から生きてきたホンビノス貝を食べなくてよかった」って思った、江戸時代。

その頃には、こんな伝説があったと聞いております。

ある程度以上長生きした猫は、猫又という妖怪《ようかい》になる。

具体的に、何年以上長生きした猫が、猫又になるのかは、妾《わたくし》にもよく判《わか》りませんが、江戸時代でしたら、猫が十年生きるのは、稀、でした。ですので、十五年も生きた猫は、とても、怪しい。猫又になっている可能性、大、です。

ですが。唯今の猫は、普通、十年は軽く生きます。二十年生きる猫も、珍しくはありません。二十三だの、二十四だのっていうお猫さまの話も、それなりに聞きます。珍しいのですが、滅多にないという程のことでは御座いません。ひとが把握していないだけで、三十を越したお猫さまも、ひそかに棲息《せいそく》していらっしゃることと存じます。

と、いうことは。

どういうことか。

はい。

いささか前から……そうですねえ、人間の暦で言いますと、〝昭和〟というものが終わるころ、ですか、そのあたりから、生物界の分布が、いささか、変わったので御座います。

その前は、ひとがいて、猫がいる。そういう世界でした。

その頃からは、ひとがいて、猫がいて、猫又がいる。

こういう世界になってしまったのでした。

昔は。

とても少数でしたから、猫又は、〝妖怪〟と呼ばれて、忌避されたり畏《おそ》れられたりしておりました。ですが、昭和の終わり頃から、猫又は、も、その辺に普通にいる普通の存在となっております。

また、猫又には、それまでの猫とは違った特色があります。

ひとつには……これを言うのは、非常に恥ずかしいというか、口幅ったいものがあるのですが……賢いです。これは、今までの妾の問わず語りで、お判りいただけるのではないかと。

また、大抵の場合、何故か、ひとという存在を、守ろうとする特性をもっております。（これは、本当に何故なのか、妾にも判りません。あるいは、猫又というのは、その時代の猫としては驚異的に長生きをした猫である、そのせいなのかも知れません。猫が、驚異的に長生きをする、ということは、御主人にあたる人間に、とても大切にされ、守られてきた可能性が高いです。そういう経験が積み重なって、〝ひとを守ろうとする〟種族的な特性ができたのかも知れません。）

その上、非常に感応力が強く、猫又同士でしたら、直接逢《あ》わなくても連絡がとれます。この感応力の強さは、一種（たとえは悪いのですが）、伝染病のようなものでも御座いまして、猫又が、普通の猫と接触しますと、かなりの確率で、普通の猫は、猫又になります。

はい。妾も、その一匹です。

避妊手術の為、獣医さんという処《ところ》に一日入院を致しました、その時、隣のケージに、猫又のおばあさまが入院なさっていたんです。

最初の頃にちょっとお話致しました、ひとは、何故、猫を飼うのかというお話。

昭和の中頃くらいまでは、おそらくは、ひと、鼠《ねずみ》対策として猫を飼っていたのではないかと思われます。

そのあとしばらくが、「猫が可愛《かわい》いからひとは猫を飼っていた」時代。

そして、唯今、昭和が終わりましてからのちは、ひとは、未《いま》だに、「猫が可愛いから飼っているのだ」と思っていらっしゃるのかも知れませんが、違います。妾達猫又が、ひとを守るために、ひとに、猫を飼うという特権を与えているんで御座います。

（多分、ひとは、無意識にそれが判っていて、でも、それを認めてしまうと人間としての尊厳がどうのこうのっていう理屈でもって、それを無視していらっしゃるのでしょう。このあたり、考えますと、おへそでお茶が沸いてしまいそうです。ただ……現実に、物理的に、おへそでお茶を沸かしますのは、姿勢が相当みっともないことになってしまいそうですので、妾としては差し控えさせていただきます。）

そうなので御座います。

妾達猫は、ひとを守っているので御座います。

守られているひと達は、どうかそこの処を、些《いささ》かでも弁《わきま》えてくださいますと、妾共と致しましても、嬉《うれ》しいのですが。ですが、これは、人間のプライドを傷つけますので、妾共もそう強くは主張致しません。

ただ。

お宅様の猫が、何か、ひとには判らないことを致した場合。ほぼ確実に、それは、ひとを、守る為です。

ですので、どうか、そんな場合。自分に判らないからといって、あるいは、自分に不都合だからといって、あるいは自分のプライドが傷つくからといって、猫を、ぺしっなんてしないでいただきたいと、これだけは、これだけは、強く主張致したいと存じます。

そうで御座います。

猫に守られているたかが飼い主の分際で、どうか、あんまり増上慢《ぞうじょうまん》なことはなさらないように、何卒《なにとぞ》よろしくお願い致します――。

〈FIN〉

注・二〇二一年現在、〝長寿・貝〟で検索しますと、アイスランド貝が出てくると思います。ですが、このお話を書いた当時は、それ、ホンビノス貝でした。どうやら、最初はホンビノス貝だと思われていたものが、のち、アイスランド貝だと判ったようです。

ショートショート

倍倍ケーキ

翠《みどり》ちゃんは、甘いものが大好きな女の子。だから、ほんっと、〝甘いもの〟情報には気を配っています。六つ年上のお姉ちゃんが、高校生になったらお小遣いで〝ケーキバイキング〟に行っちゃうんだもん、それがすんごく羨《うらや》ましかったんだもん、翠ちゃん、自分では買えない（お小遣いがそんなにない）〝甘いもの〟関係へのアンテナは、やたらと張りめぐらせています。

だから。近所の、「ここはおいしい！」って折り紙つきのケーキ屋さんに、謎《なぞ》のケーキがあるって評判が聞こえてきた時、翠ちゃんはすぐにお母さんをひっぱって行って、そのケーキを買って貰《もら》いました。

謎のケーキ。

それはまあ、とても、〝みすぼらしい〟ケーキ、でした。うん、基本は、カップケーキ、みたいな形、なのね。でも、クリームのデコレーションも何もない、それが、剝《む》き出しの形で、そこにある。それだけ。フルーツも何もついていない。

ですが。そのケーキには、たったひとつ、おかしなことがあったのです。

「これは倍倍ケーキです」

そんなポップが、ついている。……けど……倍倍ケーキって、何？

いきおいでお母さんにこれを買ってもらった翠ちゃんですので、今更、それをケーキ屋さんのひとに聞く訳にもいかず。

でも。ぱくっ。ひとくち、食べてみたら。

うわあ、何だこれ、何だこれ、何だこれ！

そのケーキは、信じられないくらい、おいしかったのでした。

うわあ、あり得ないこのおいしさ、どうしよう、どうしよう、本当においしいよお。

ぱくぱくぱくぱく、もし、これが紙に包まれていたカップケーキなら、間違いない、その紙まで食べてしまったでしょうっていきおいで、翠ちゃんはこのケーキを食べ……とは言うものの、全部、食べることが、できませんでした。

何故《なぜ》って。

最後に、ぱくんってケーキを全部口の中にいれようとした時、ケーキの端っこに、黒いものがいるのが判《わか》ったので。

うわ、蠅《はえ》だ。いつ来たんだろう、甘い匂《にお》いがしたからかなあ、蠅が、このケーキの端っこにいて、なんか、手をすり、足をすりしている。

蠅が……触っていたんだもん、ここ……。

という訳で、翠ちゃん、蠅がたかっていた一センチ部分くらいを手でちぎって、あとはぱくって食べちゃって……そして。

翌日は、もう、追想に浸っていました、翠ちゃん。うん、そのくらい、おいしかったんです、あのケーキ。うん、普通の倍、いやもっとおいしい、だから、倍倍ケーキなのかなあ。次の日も、翠ちゃんはあのケーキのことを思いだすと、なんかほやっとしちゃって。で、更に、その次の日。翠ちゃんは驚きます。何故って、翠ちゃんの机の上に、謎の物体があったのですから。謎の……これは、ケーキか？

どっからどう見ても、これはケーキの一部だ、スポンジ部分だっていう物体が、何故か机の上にあり……翠ちゃん、驚きます。

同時に。理屈ではない、深い処《ところ》で、翠ちゃんは判ってしまったのでした。

うん、これは、あの、ケーキだ。蠅がたかっていたから、あたしが取りのけた奴《やつ》、それが、なんだか大きくなって机の上に……って！　ああ！　だから、倍倍ケーキなのね！

倍倍ケーキっていうのは、放っとくと、倍になるケーキなんです、多分。一日で二倍、二日で四倍。この間、蝿がたかっていた処を翠ちゃん、ちぎってその辺に捨てて……それが、机の上で、二日で倍、三日で四倍になって、今、かたまりになって、ここに現れた、そんな訳なんだろうと思います。（なんで今までそれが噂《うわさ》になっていなかったのかって、それ、翠ちゃんにはよく判ります。倍倍ケーキを口にしたひとは、みなさん、ほんのひとっかけらも残さず、きっとこれ、全部食べていたからなんですよね。だから、ゼロになってたから、倍になりようがなかったんだ……。）

……蝿がたかっていたんだよね……でも……そこに蝿がとまっていたからって毒がある訳じゃないし。

　そう思った翠ちゃんは、それでもできるだけ、蝿がたかっていなさそうだったあたりを、ちぎって口の中にいれてみます。ぱっくん。

　おおおっ。おいしいっ！　どうしよう、本当にあり得ないようなおいしさだっ！

　ここから先。翠ちゃんは、とてもとても気を遣《つか》って、念には念をいれて、〝倍倍ケーキ〟を養いました。とにかく、食べすぎないこと！　どんなにおいしくても、「倍になるケーキ」なんですから、もとが、ゼロになってしまったらおしまいです。ということは、食べきっちゃいけない。

翠ちゃんがちょっと我慢すると、倍になるもとの量が増えます。明後日《あさって》は一杯ケーキを食べたいなーって思ったら、今日と明日は我慢我慢。

そんなことをやっているうちに。

翠ちゃんは、インフルエンザにかかったのでした。ちょっと重症だったので、近所の病院に入院なんてしちゃったのですね。

インフルエンザで入院した時。いや、その前、かかったその時から、翠ちゃんには食欲というものがまったくなく……倍倍ケーキ、も、何日、ほっといたことなのだか。回復して、ふうって思った翠ちゃんが見たのは、何か、異様な景色でした。というか、翠ちゃんが退院する前から、これは世界で大問題になっていたのです。

おそろしいことに。世界は、カップケーキのようなものに、塗《まみ》れていました。

倍倍ゲームというのは、本当におそろしい。

今日、十センチくらいのかたまりだったケーキは、明日にはたてよこ二十センチのかたまりに、明後日にはたてよこ四十センチ、三日後には八十センチ、一週間たつと十メートルを超え……勿論《もちろん》、ケーキ塗れになってしまった町内会は、この謎のケーキをなんとかしようと分解して捨てたんですが、そんなことしたら、細かくなった分、捨てられた先でケーキがどんどん増殖するだけ。ひとつのものが倍になるのより、細かくなったものがあっちこっちで倍倍ゲームを続ける方が、そりゃ、世界のケーキ塗れはひどくなって……。

……これ……バイバイケーキ、なのかも知れない。このケーキがあると、地球さんバイバイになっちゃう……これは、そういう、ケーキだったんだろうか？

翠ちゃん、ふっとそんなことを思ったのですが……時、すでに……。

〈FIN〉

秘密基地

ボルネオの熱帯雨林を研究していたおじさんが日本に帰ってきた時、ボクはおじさんから〝秘密基地〟を貰った。

ううん、これ、実は秘密基地でも何でもない、おじさんが熱帯雨林の観察する為《ため》に使っていた個人用特殊小型気球、なんだけれどね。

どんなものかっていうと、背中に背負えるリュックくらいのサイズをしていて、ボタンひとつで、まず、碇《いかり》が射出。なんかよく判らない原理でもって、地面に固定。んで、そのあと、ぷしゅって音と共に、二畳間くらいのすべての壁が透き通っている部屋が膨らみ、そこに乗っかってスイッチ押すと、どういう原理なんだか、しゅるしゅるしゅるって部屋が上昇、地上四十メートルでも八十メートルでも、好きな処まで行けるんだ。

おじさんは、これを使って、熱帯雨林の観察をしていたらしいんだけれど、これ、別に珍しいものではない。高い処で何か作業したい時には、結構使われている道具みたい。

けど。今の日本の都市部では、これ、使い道が、ほぼ、ない。いや、だって、昇れるのが最高八十メートルだもん、これって普通の高層マンションより低いじゃない、わざわざこんな気球を飛ばさなくても、うちのクラスには、ここより高い処に住んでいる子、結構いるし。都市部でこんなもん飛ばしたら、なんか〝覗《のぞ》き〟をやってるみたいだし。

だから、おじさん、ボクにこれをくれたんだろうけれど。

これを貰ったボクは、近くの河川敷に行って、これを使ってみた。

ぷしゅって音と共に、透き通った部屋ができて、それに乗ったボクは、一気に地上八十メートルの世界へ。

だから、これ、ボクは秘密基地って呼んでる。基地でも何でもないんだけれど。そもそも透き通っているから、どこからでも見えてしまって、秘密でも何でもないんだけれど。（とはいえ、上空八十メートルを見ているひとは、まずいないから、それに、ここまで昇っちゃうと、下からじゃボクのことは見えないだろうから、これは、変な言い方なんだけれど、〝誰にでも見える秘密基地〟になったと思う。）

うん。ちょっとね。

欲しかったんだよ、ボク、秘密基地。

☆

別にね。ボク、苛《いじ》められている訳じゃない。ただ……クラスに居場所があんまりない、と、いうか。誰も知らないボクだけの場所、秘密基地が欲しかったっていうか。うん。何が悪いんだか判らないんだけれど、ボクって、友達ができにくい子だったらしいんだ。現実に、友達、いないもん。放課後は、いつもひとりだもん。それが悪いだなんて思わない、けれどね……。

学校、行きも帰りもひとり。お昼休みは給食食べちゃうとあとはすることがない。ひとりでぽつんとクラスの中にいてもしょうがないから、図書館行っても、ひとり。これはしょうがないんだけれど……けれど。

河川敷の上、あたりには何もない、地上八十メートルの世界で、ボクは深呼吸。あたりには、本当に何もない。ずっとずっと下に、河。でも、この高さになると、もうよく見えない。まわりには、空。時々は、雲がうんと低く、近く見える。それだけ。

ここなら、ボクがひとりなのは、別におかしなことじゃない。まわりにひとがだあれもいないんだもの、ボクはひとりで当たり前だ。

ここで、ボクは、ゆっくり息をして、ゆっくり世界に馴染《なじ》むように努力をして、ゆっくり、ゆっくり……。

ゆっくりあたりを見まわしていたら、ある日、ふいに、それが、目にはいったのだ。どのくらい遠くにいるのか判らない、けれど、ボクのと同じ気球。同じ河川敷の、数百メートル先の処から、ボクのとおんなじ秘密基地が空に上がっている……？

☆

うわあ、うひゃあ、何だろこれ。この河川敷に、上空八十メートルから観察したいものって……どう考えても、ないよね。そもそも、〝観察するべき〟ものが、まったくないよね、河川敷の上空八十メートル。

で、翌日、ボクは、〝秘密基地〟をあげる場所を、百メートルくらい、ずらしてみた。あいつの方へ。そしたら、あいつも同じことをしたらしくて、ボクらの距離は、近づいた。その次の日も、そうしてみた。あいつも、同じことをしていたらしい。んで、判った。あの〝秘密基地〟の中にいるのは、ボクとそんなに年が変わらない子供だ。

なんで、あいつは〝秘密基地〟を飛ばしているんだろう？　それも、こんな何もない河川敷で。ひょっとして……あいつも、ボクと、おんなじ？　学校に、いる場所がなくて、いつもひとりで、でも、ひとりでいる処を他人に見られると息苦しくなってしまう、だから上空八十メートルでひとりになっていた、そこでやっと深呼吸ができる、そんな奴？

その次の日。ボクは、双眼鏡を手にして、相手の方を見たんだ。そしたら……双眼鏡の視界にはいったのは、同じく、双眼鏡を持って、こっちを見ている男の子。

どきん。

ひょっとして、今、ボクは、すっごいチャンスを目の前にしているのかな？

双眼鏡の中にうつるのは、相手が広げた段ボール箱に書いてある文字。

〝明日　放課後　北小　屋上〟

全身全霊でＯＫって意味を表したくて、ボクは、両手で頭の上にまるのサインを作る。

☆

ボクが通っているのは、市立○○北小学校だから、そして、あの河川敷にいたんだ、相手が通っているのも多分同じ小学校で……その、屋上にて、翌日。

行ってみたら、屋上にはすでに碇があって、上の方に、〝秘密基地〟。

慌《あわ》てて、ボクも、自分の〝秘密基地〟に乗る。

ボクと、そいつの秘密基地の間は、三メートルないくらい。

これで、二人で同じ高さにあがったら……んー……基地同士で、会話って、できるのかな？　いや、それは、できないような気がする。いつもより、学校の屋上にある分、十メートルかそこら高い世界で。ボク達は、一体何をするんだろ。

それは、判らない。けれど。

ボクには、初めての友達ができるのではないか。

そんな気が……もの凄《すご》く、したんだ。

〈FIN〉

お片づけロボット

　M社から日本初の「お片づけロボット」が販売されるって聞いて、あたしはほんとに喜んだ。それも、キャタピラと二足歩行を状況に応じて自動選択、ホバリング機能までついている奴。マニピュレータは何と十五種類、自律学習型のAI搭載。

　うおおっ！　待っていたんだ、こーゆーの。

　いや、「お掃除ロボット」は、かなり昔からあったのよ。家の埃《ほこり》を何とかするっていうだけなら、お掃除ロボを留守中に転がしとけばそれでOK、それは事実。そのあとも、「雑巾《ぞうきん》掛け対応型」だの、「ワックスもかけられます」だの、絨毯《じゅうたん》にコーヒーなんか零《こぼ》してしまった時、部屋の隅からすっとんできて、拭《ふ》き取りから染《し》み抜きまで全部やってくれるお掃除ロボも、確かにあった。

　けど、あたし思うにねー、どうも、今までの企業の開発室に属しているひとって、何で部屋が汚れるのか、その根本原因がさっぱり判っていないひとが多かったんじゃないのかなあ。あたし達、掃除が下手な人間が、ほんとに欲しいのは、そーゆーものじゃ、ないっ！

そ、なの。あたし、掃除機がけや雑巾掛けは、実はそんなに嫌いじゃない。仕事が煮詰まってくると、発作的に棚という棚に雑巾掛けたり、鍋《なべ》磨いちゃったりしてる。ただ、部屋の状況が。普段、普通に掃除機かけられる状態じゃない、これが大問題なんだよね。うん、お掃除じゃなくて、お片づけ。これができないひとが、部屋を汚しているんだよ。

あたしの場合、家で小説書きっていう仕事をしている。だもんで、本と雑誌と資料の山が、常にただごとではない。忙しくなるとどんどん家事の手を抜く、すると、家は、どうなるか。

　うちは、仕事場も兼ねているリビング、箪笥《たんす》と本棚のある（実質物置の）四畳半、寝室って構成の2LDKなんだけど、リビングに、そもそも、掃除機をまっとうにかけられる空間が、なくなるのである。

　読み終えた本や雑誌の山が、部屋の隅の方からどんどん中央に向かって山脈を形成しだす。仕事机のまわりからは、必要とされる資料や原稿、メモの大群が別種の山を作り出す。最悪の場合、この二つの山は合流して大山脈となる。

そして。忙しい時に、洗濯はしたものの、とりこんだままになっている洗濯物の山がソファに出来（さすがに洗濯は結構するのよ。干す処までも、やる。けど、畳んで収納が、すんごくめんどくさいっていうか、やってる時間がないっていうか、大山脈ができるとそもそも洗濯物持って簞笥まで行くのが大変っていうか……毎朝、ここから洗濯済の衣類をとり出して着ております）、郵便物は緊急のものしか開けないからこれまたコーナーテーブルで山となり、さすがに生ものは冷蔵庫にいれるにせよ、床には買い物袋が折り重なる。こうして床が見えにくくなると、何故か床にはごみが発生しだす。みかんの皮とか、飴《あめ》の包み紙なんかが床に落ちると、それはそのまま山脈のどこかに埋もれてしまい、二度と発見することあたわず。

そうなのだ。あたし達、お掃除下手のひと達がほんとに欲しかったのは、「お掃除ロボ」じゃない、「お片づけロボ」なのだ。

山になっている雑誌を何とかし、ソファを占領している洗濯物を何とかしてくれる、そーゆー奴。キャタピラと二足歩行ができるから、山脈の間を何とか徘徊《はいかい》してお片づけをしてくれる、しかも、ホバリング機能までついているので、場合によっては山脈を飛び越して、洗濯物を簞笥まで運んで収納してくれる奴。マニピュレータも大きいのから小さいのまでやたら沢山《たくさん》あるので、簞笥の引き出しは開けられるし、なんと、洗濯物の畳み直しまでやってくれるんだよね。

ＡＩ相手に、「雑誌と新聞はストッカーの中に。はいりきらなくなったら古新聞回収袋にまとめて、物置に隅から収納。本は、本棚に揃《そろ》えて。洗濯物は箪笥の中に。下着はここ、Ｔシャツはここ、ボトムスはここ」ってな設定をして、買い物に出かけて帰ってきた時。

あたしは、心から、感動した。

おおおっ！　きれいじゃん、うちのリビング、きれいになってる！

床が、かなり、露出している。そして、床さえ露出してくれれば、掃除機機能と雑巾掛け機能もついているのだ、露出部分は、もうぴかぴか。

だが、本でも雑誌でもない、紙類は、まだあたりに散乱。処によっては山。

それに。

実は、ここからあたし、大作業が必要になってしまったのだ。

ああ、うう、泣ける。もう泣いてしまえる。まだ読んでいない雑誌や、仕事の資料として机の脇《わき》に積んであった本が、すべて勝手に収納されてしまったのだあっ。

……まあ……でも……これはあたしが悪いよね。

あたし、設定を変更。机の上に付箋《ふせん》を用意して、もう必要のない資料や読み終えた雑誌には、すべて付箋をつけることにしたのだ。

「本と雑誌は、付箋がついているもののみ収納。付箋がついていないものは、机の上に揃えておく」

あと……こうして余計なものがなくなってしまうと、床には結構ごみが落ちているのが散見され……けど、前の轍《てつ》を踏む訳にはいかないから。

「床の上にある紙類で、固まって山をなしているものは例外として、単独で十五センチ以下のものはごみ箱に。十五センチ以上のものは、一回、ソファの上につみあげる」

まあ、基本的に仕事の資料はＡ４かＢ４の紙が多いし、メモパッドのサイズも二十五センチくらいはある、だからこれで大丈夫な筈《はず》。それから。

「コーナーテーブルの上の郵便物のうち、宛《あ》て先があるものはコーナーテーブル上にまとめて保存。ないものはごみ箱に」

ずっとほっといた郵便物、これでかなり整理がつく筈。だってまあ、宛て先がないのは、まずちらしだろうし。

まだ必要な、これから読む、本と雑誌を、再び机の脇に持ってきて、お片づけロボにここまでの設定を施した処で、さすがにあたし、疲れてしまって。

この日は、もう、寝ることにした。

そして、翌朝、目を覚ましたら。

おおおっ！　おおおおお！

きれいだー。リビングが、きれいだあっ。

床の上でストレッチができそうだ。

けど、同時に、あたしはまたまた、泣きそうだ。

どうしよう、ソファの上。もの凄い量の紙が山になってる。これを一々調べて、捨てるのととっておくのを分類しなきゃいけないのか？　いや、必要なメモを捨てられることを考えたら、そのくらい手間だって思っちゃいけないのだが。いけないのだが、それは、何日仕事になるんだ？　（それにまた、お片づけロボはもの凄く器用で……そうとしか言いようがない……ソファの上の紙類は、も、芸術的としか言えない山になっているのよ。あたしが手を触れたら、その瞬間に崩れ落ちそうな……。どうやって触ろう。）

それから。ごみ箱の中を見た瞬間、あたし、ほんとに、涙でた。

ああああー、レシートおっ！　部屋のあっちこっちに散らばっていたであろうレシートが、結構、ごみ箱の中にあるう。ああ、そうか、レシートの場合、十五センチ以下の紙であるケース、結構あるよね。これ、やっぱ、一回ごみ箱全部あけて、分類しなおす必要があるのでは？　じゃないと、来年の確定申告の時の必要経費があっ。

……このあとも。

ぼちぼちと、あたしは、お片づけロボと付き合っている。ま、おかげさまで、うちはいつでも結構きれいになっているのだが、これで、急なお客様にも慌てなくて済むようになったのだが、なんか、ねえ。

お片づけロボは、さすが自律学習型ＡＩ搭載、言い聞かせれば、同じミスは二度としない。（っていうか、ミスしているのは、実は毎度毎度あたしなんだけどね。自分で設定したにもかかわらず、いきなり電話が掛かってきた時、ついついちらし広告にメモとっちゃって、それほっといたらその非常に重要なメモを捨てられてしまった、とか、そーゆーの。で、〝あたしが書いた文字があるごみは捨てない〟ってルールを作ったら、友達と長電話している時、落書きしちゃった紙類が、翌日、ごみ箱の中から全部机の上に復帰しちゃって――勿論、ＡＩが判断して、それらをごみ箱から救出したのだ――往生した、とか。結局、このルールは、三日後にはなしにすることにした。)

自律学習型ＡＩって、ほんとに学習するのか？　いや、するんだ。することは間違いない。

でも。

この〝お片づけロボ〟と付き合う為に、本当に学習しなきゃいけないのは……実は、あたしなんじゃ、ないのか？

うん。

……どう考えても、このロボとちゃんと付き合うよりは……あたしが、もうちょっとまめになって、もうちょっとちゃんとお片づけをするようになった方が……楽、な、ような感じがするのは……気のせいなんだろうか……？

〈FIN〉

碁盤事件

「えーっと」

もの凄《すご》く言いたくなさそうに。

実際に、こんなことは言いたくはないんだろうな、そんな風情《ふぜい》丸判《まるわか》りって感じで、部屋の隅、ホットカーペットを敷いて作ってある囲碁コーナー、そこの中心の碁盤の上にちょこんと載った、熊《くま》のぬいぐるみ・ミーシャが、こう口火を切った。

「今回の……晶子《あきこ》さんの事故について……えー……なんつーのかその、家庭内裁判を、始めたいと思います」

とは言ったものの。ミーシャ、本当にこれをやりたくなかったらしくて……しばらく黙り、そしてぐるんと、あたりを見回す。それから。

「で、あの……ほんとにやりますか、これ？　やる必要、ありますかこれ。晶子さんが粗忽《そこつ》だったたってことで、これ、一件落着にしていいんじゃないかと思うんですけど……というか、実際に、晶子さんが粗忽だから、こういう事件が起こったんじゃないかと……」

「やってくれ。頼む」

重々しい声で、ミーシャの台詞《せりふ》を遮《さえぎ》ったのは、まさに今、ミーシャが載っている碁盤。今回の裁判の、被告である。被告に該当する人物（って、碁盤は人物なんだろうか？　いや、それを言うなら、ぬいぐるみが裁判官であるっていうのも何だしなー、傍聴人も証人も、全部人間ではないっていうのが、更に何だしなー）にこう言われてしまった、裁判官のぬいぐるみミーシャ、最《も》早《はや》文句なんて言えなくなる。

「……まあ……そりゃ……やりますけど」

やりますけど……やりますけど……やりますけど…………。

なんか、微妙に、ミーシャの心の声、小さくなってゆく。けれど、まあ、それでも、ミーシャ、気をとりなおして。

「えー、ひとが寝静まった今、ひとが見ていない処《ところ》では、我々、ぬいぐるみや人形は、動き出すことができます。それは、過去の童話やファンタジーなんかで多数描かれ、描かれている以上、実証済です。つーか、事実です。だもんで、非常に僭越《せんえつ》っていうか、なんか申し訳ない話なんですけれど、今回の裁判をやるにあたって、僕、いつも自分がいる棚の上から移動して、被告である碁盤さんの上に載っかってます。ここが、なんか一番都合がよさそうだったものですから。……けれど、同時に、実は、碁盤さんとか、椅子《いす》さんとか、ダイニングテーブルさんみたいな、家具や家財道具の方々も、動こうと思えば動けるんでしょ？　勿論《もちろん》、しゃべれます。……いや、我々ぬいぐるみや人形なんかに比べると、ちょっと口は重いですけれどね。体はもっと重いから、動けるって言っても、そりゃ、我々、重量的に軽いぬいぐるみや人形なんかとはまったく違う動きになる訳なんですけれど、それでも、動ける筈《はず》です。実際に、そんなみなさまが動いているのは、僕、まだ見たことはないんですけれどね」

　ここで、ミーシャ、一回、息継ぎ。

「だから、あの。僕、本当に判らないんですけど……何で僕が、裁判官？　この部屋ならね、一番大きいのは……えー、ダイニングテーブルさん、ですか？　あなたが一番大きいんだから、裁判官役はあなたに」

　と、ダイニングテーブル、どこにあるんだか、そもそもあるんだかないんだかよく判らない目で、ぐるっとあたりを見回してから。

「古今東西、ぬいぐるみや人形が動き出す童話やファンタジーは結構あるけれど、ダイニングテーブルがいきなり動き出す童話やファンタジーを、寡聞《かぶん》にして私は知らない」

「い……いや……そりゃ、そうかも知れませんけれど」

「人間が、動き出すのはぬいぐるみや人形だと思っている以上、一番アクティブな役割は、ぬいぐるみや人形が担《にな》うのがよい。そして、この部屋における、ぬいぐるみや人形は、ミーシャくん、君だけだ。故《ゆえ》に、最もアクティブな要素は、君が果たすのがよい。それに、実測的な意味で言うのなら、私より、食器棚さんの方が、容積的には大きいのではないかと思う」

　こう話をふられた食器棚は……食器棚はといえば……。

「……食器棚はね……観音開きの……扉が開いたり閉じたり……映画なんかで……バタバタバタバタしている……恐怖映画なんかで……そういうのはあるけど……食器棚はね、食器棚の場合……観音開き……ない訳じゃないけど……引き出しやスライド式の扉が……そっちの方が多いし……大体……今バタバタできないし……できないし……それに大きさで……決めるものではないんじゃないかと……」

「あ、ああ」

　ミーシャ、なんか、納得。何たって、食器棚さん、自分のことを〝食器棚〟って呼んでいるのだ。〝私〟じゃなくて〝晶子はね〟みたいな、乙女風一人称を使う食器棚さんの台詞がこれだとすると、また、このひとの常のしゃべり方が、やたらと間があいてしまうこの台詞だとすると（この食器棚さんの台詞、意味要約すると、『私はあんまりしゃべれない。稀《まれ》に映画なんかで、観音開きの扉がばたばたにする奴《やつ》があるけれど、私には観音開きの扉があまりないし、今動けない。そもそも、重要なのは大きさではないと思う』に、なると思う）……確かにこれは、食器棚さんに話をふらない方がいいかも。

「食器棚さんの台詞を待っていると、埒《らち》があかなくなっちゃうかも知れませんね。それでは、もう、しょうがない」

ごくん。ミーシャ、一回、唾《つば》を飲み込んで。それから。

「えー、それでは、ここで、先日起こった、晶子さん救急車搬送事件について、裁判を行いたいと思います」

☆

はい、ここで、舞台説明。

ここは、山形芳樹《やまがたよしき》さんと晶子さんという御夫婦が住んでいる家の一室。そろそろ四十に手が届くっていうこの御夫婦、今の処子供はおらず、共稼ぎで、まあ、どっちかっていうと経済的に余裕がある。だから、フローリングのこの部屋（とりあえず、リビングっていうのかな？　いや、食事をする場所もあるから、ダイニングでもあるのか）、結構広くて、立派なダイニングテーブルがおいてあり、でも、隅の方に、ホットカーペットを敷いたコーナーを作ることができたのだ。そんで、そこには、七寸の立派な碁盤がおいてあり、ここは、夫婦の趣味のコーナーなのだ。囲碁が趣味であるこの夫婦、和室がないこの家で、わざわざフローリングの床の上にカーペットを敷き、その上に碁盤をおき、座布団《ざぶとん》を敷き、座って対局ができる〝囲碁コーナー〟を作っているのだ。

「先日」

こう言うとミーシャ、ちょっと沈黙。あ、なんか、溜《た》めてる感じかな。

「晶子さんは救急車で病院に搬送されることになりました」

ダイニングテーブルさん、加湿器さん、椅子さんなど、様々なひと達が、「うんうん」って頷《うなず》いている気配。

「その経緯は、みなさま、お判りだろうと思います」

お判りのことを、一々言わなきゃいけないんだよね、ミーシャ。一応、裁判官だから。

「夫である芳樹さんが帰宅した処、妻である晶子さんがリビングで倒れておりました。意識はありませんでした。当初、何が何だか判らなかった芳樹さんでしたが、とにかく、妻である晶子さんが倒れておりましたので、また、あたりは血まみれでしたので、慌《あわ》てて１１９番に連絡。救急車が来て……救急搬送ということに、なったのでした」

「こけたんだよね、晶子さん」

と、これは、リビングの全体を見渡せる位置にいるＴＶさんの台詞。

「いつものことながら」

こちらは、ＴＶさんの隣にいるチューナーさんの台詞。

「ところが、運の悪いことに、こけた先に、碁盤さんがいた」

もとに返って、これはＴＶさん。そして、うんうんって、みんなが頷く気配。

「それで、碁盤さんの角に頭をぶつけて、こけた晶子さんは気絶してしまった。出血もした。酷《ひど》かった。これが、私が理解している〝晶子さん救急車搬送事件〟の顛末《てんまつ》なのだが……こんな裁判やるってことは……これ、何か、違う、のか？」

この台詞は、これまた、ＴＶさん。

うん、ＴＶさんは、この部屋全体を見渡せる位置にいるのだ（というか、この部屋の中からは、どこからでも見える位置にＴＶは設置されているのだ）、だから、ＴＶさんは、この部屋の中のことは、すべて自分には把握できていると思っているし、実際、それは間違っていないだろうと、ミーシャも思う。

けれど。

「あー……違う、らしい、ん、です」

このＴＶさんの意見を、ミーシャは否定しなきゃいけない。何故《なぜ》ならば。

「ええっとお、被告である……って、誰が誰を訴えている訳でもない、だから、そもそもこんな〝裁判〟する必要なんてまったくない、にもかかわらず、とにかく、自分が加害者だって主張して、裁判の開廷を要求している、その、碁盤さんが、そうじゃないって言っているんです」

「……はい？」

「えっとねー」

ああ、言いたくないよな。ほんとにこんなこと言いたくないよな。

そんな気持ちが丸判りの姿勢で、それでも、しょうがないから、ミーシャは、言う。

「何だってこんな訳の判らないことをやっているのかって言えば、碁盤さんがね、どうしても主張するんですよ。今回、晶子さんが救急車で搬送されるような事態になったのは、自分のせいだって。自分が、晶子さんを殺しかけたんだって。これは、碁盤さんによる〝殺人未遂事件〟なんだって」

「さつじん……みすいー？」

「殺人って、ひとを、殺すこと？」

おお。これだけはあって欲しくなかったんだけれど……菟柄《うさぎがら》の座布団さん達が、騒ぎだした。

この家には、二種類の座布団さんがいる。一種類は、今回の事件の被害者である晶子さんが結婚した時、旦那《だんな》の芳樹さんの実家から、夫婦《めおと》布団と一緒に贈ってもらった夫婦座布団。この二つの座布団は、碁盤をはさんで置かれている。

そんでもって、それとは別に、五枚の菟柄座布団さん達が、唯今《ただいま》、部屋の隅に積まれているのだ。そして、この座布団さん達は、みんな、親戚《しんせき》なのだ。（数年前、この夫婦は、引っ越しをした。それまで住んでいたアパートを引き払って、なんとマンションの一室を購入したのである。そんでもって、その時、独身の時に芳樹さんが使っていた、押し入れにしまい込まれていた古い布団一式を打ち直した。引っ越しを機に、それまでの布団を敷いていた生活をやめ、ベッドにしたのね。この時、広いベッドが好きな芳樹さん、セミダブルのベッドを買ったのだ。――えー、狭い処で掛け布団にくるまって狭苦しく寝るのが好きな晶子さんは、シングルのベッド――。けれど、結婚祝いの夫婦布団はシングル二枚。だもんで、セミダブルの敷布団が欲しいかなあって思って。で、打ち直しでセミダブル敷布団一枚を作ったあと、残った綿で、この夫婦、お客さまが沢山《たくさん》いらした時、クッションがわりにフローリングの上に敷く為《ため》に、座布団を五枚作って貰《もら》ったのだ。それが、菟柄座布団さん達。つまり、このひと達は、もともとが同じ布団の綿だ、だから、ひとりが騒ぎだすと、他のひともそれに同調してしまって……。)

「殺人？」

「さつじん」

「さつじんって、ひとを殺すこと？」

「殺人？」

いや、だから、ちょっと待てえっ。

あああああ、ミーシャ、どこをどう仕切り直せばいいのか、すでにしてよく判らない。

お布団や、座布団は、火事の温床になる可能性があるっていう、昔聞いた話に、ミーシャは今、心の奥底から、納得する。

お布団や座布団。要するに、綿のある製品。そこに、火種が落ちたとしても、それは、すぐに、火にならないかも知れない。実は、お布団や座布団の内側で、火は燃え広がっているんだけれど、外からはそんな兆候がまったく見えず、お布団や座布団に火種を落としたひとが安心して、それからずいぶんたってから。お布団や座布団の中の綿は、いきなり燃え広がってしまうことがあるのだそうだ。そして、一旦《いったん》燃え広がってしまったら、お布団や座布団は、いつまでもいつまでも火が消えず、すさまじいことになってしまうらしい。

ああ、なんか、そんな感じ。

で、またまた、その〝燃え広がっている火〟に、酸素を送る奴がいる。バックドラフト起こったらどうするよ。それがまあ、よりにもよって、火種になった、被告である、碁盤さん。

「私は、ずっと、言っている。私は晶子さんを殺そうと思った。殺したいと思った。実際、晶子さんは、私の角に頭をぶつけて、出血をし、死にかけた。旦那さんが帰ってきて、救急車を呼んだから、だから、今、晶子さんは生きているけれど、そんな偶然がなかったら、晶子さんは、死んだ筈だ。だから、私は、少なくとも殺人未遂、そういう罪になるのではないかと、自分で思っている」

……そう……なん、だろう……か？

「や、そりゃ、無理だろう」

　というのが、碁盤さんのいるあたりが見えるダイニングテーブルさんの意見。

「あれで死ぬのは無理だよ。無理だろ？　碁盤さん、あんたはね、出血の量のことを、知らないんだと思うよ、私は。うん、確かに血は結構でてたよ。頭からの出血は、派手に見えるよ。あっちこっち汚れてた。でも、あんなもん、ハンカチの一枚や二枚で拭《ぬぐ》い去ることができる程度だろ？　私が洗濯機さんに聞いた話からすると……」

「洗濯機さん？　私は、そういうひとを知らないんだが……」

　と、これは、加湿器さんの台詞。

「ああ、いや、確かに洗濯機さんは、この部屋にはいないから。お風呂《ふろ》の側《そば》にいる奴なんだよ。その洗濯機さんから聞いていた話によれば……」

「え、お風呂。知らない場所」

「ダイニングテーブルさん、超能力者？」

「テレパシー？」

「いないひとの話が聞けるの？」

「てれぱしいって何」

ああ、また、葱柄座布団さん達が騒ぎだした。

「いや、座布団のお嬢さん方、違うよ。私は、いないひとの話を聞いた訳ではなくて、この家に越してくる前、前の家にいた時には、洗濯機さんは、私から見える位置にいたんだよ。お話も、できた」

「前の家？」

「前世？」

「ぜんせって何」

「生まれ変わるの」

「いや、生まれ変わりじゃなくて、単に引っ越し……って、座布団さん達は〝引っ越し〟が判らないか」

「転生？」

「ちっがっあああっうっ」

……ぜいぜいぜい。

なんか、ダイニングテーブルさん、息が切れている感じ。

「……引っ越しが判らなくって、なのに、生まれ変わりや転生って言葉を知ってるって、大体、常識を知らずにテレパシーだの何だのって言葉だけ知ってるって、こいつら、一体どんな座布団なんだよっ」

ダイニングテーブルさんがこう叫び、そんでもって、ミーシャにはその理由が判っていた。だから、しょうがない、ダイニングテーブルさんを諭すように。

「あの、ね、ダイニングテーブルさん。この莵柄座布団さん達は、ついこの間生まれたばかりで、んでもって、生まれた後すぐ、この部屋の隅に、いつも重ねて積まれていることになったんですよ。その脇《わき》には新聞ストッカーさんがいて、新聞ストッカーさんの中には、何回も何回も、命ある限り私は叫ぶぞって感じで、ひたすら叫びまくっているちらしさんや折り込みさんや小冊子さんがいるんです。有体《ありてい》に言ってしまえば、さまざまな新興宗教や、新・新興宗教の方々が作っている〝そういうもの〟、ですね。ポストの中に放り込まれているそういう小冊子、一応資源ゴミだってことで、古新聞や読み終えた雑誌と一緒に、晶子さんがごみ箱の中じゃなく、新聞ストッカーさんの中につっこんでいますから。そんで……あの小冊子さんやちらしさんなんかは、常に全力で教義を叫びまくっていますから。座布団さんがそれを聞き齧《かじ》るのも、当然でしょう」

「あ。……あ、ああ。門前の小僧……みたいなもの……なのか？」

成程。

ダイニングテーブルさんが納得した処で、話は一応収束した。

これで最初の処に、話を返すことができる。

だが。

えっと、あのお、そもそも。

最初の処って、どこよ？

☆

「ああ、とにかく」

やっとこダイニングテーブルさんが気を取り直して。

「仮に、碁盤さんが殺そうと思っていたとしても、ハンカチの一枚や二枚で拭《ふ》ききれる程度の出血量じゃ、晶子さんは、死なないよ。少なくとも、洗濯機さんから出血についての話を聞いている、私が知っている限りでは、死なない。ま、出血とはまったく別の、頭を打ったとか、そういう要因で晶子さんが死んでしまう可能性は否定しないが」

ここでミーシャ、ちょっと不思議に思ったので、聞いてみる。

「あの……僕も知らない洗濯機さんなんですが、そのひとは、なんで、出血について、そんなに詳しく知っているんですか？」

「あ、いや、そりゃ、血まみれのものをやたらと洗っていたから。洗濯機さん本人が洗っていなくても、この家もそうだし、前の家もそうなんだけれど、大体、洗濯機さんは、洗面所の近くやお風呂の近くにいることが多いらしいんだよね。そんで、そこでは、晶子さんが結構血まみれのものを自分で洗っているのを見てたって」

え。血まみれのものをやたらと洗っている？　それ、一体どんな状況だ。どんな犯罪がその陰にある。まさか晶子さんって、連続殺人鬼？

ミーシャがそんなことを思うと、まるでそれを見透かしていたかのように。

「犯罪じゃないらしいよ」

するっとダイニングテーブルさんはこう言う。

「若い女性は、なんだか結構出血するらしいんだ。晶子さんは、もう四十近いから、慣れているし、そうでもないらしいんだが、十代、二十代の女性は、時々、出血し、その手当てに失敗すると、結構下着や何やが血まみれになるらしい。んで、その時の血の量って、ハンカチの一枚や二枚で拭きされる量じゃないらしい」

「はい？」

座布団さん達じゃないんだから、だから、騒ぎだしはしないんだけれど、それでも、この台詞は、ミーシャにしてみれば、驚きだった。

「ど……ど……どうして？　どうしてそんな、訳の判らないことになるんです？」

「いやあ、これ、よく判らないんだけれど。どうやら、繁殖の為には、それが必要であるらしい」

　繁殖の為に必要。

　そう言われてしまえば、ミーシャ、それ以上、この問題については追及することができなくなる。いや、ミーシャだけじゃない、そもそも繁殖をしない、家具やぬいぐるみや座布団は、みんな、何も言えなくなる。

「生命の神秘か」

　と、これは、さっきもちょっと話にでてきた新聞ストッカーさん。このひとは、自分の中にいる新聞や雑誌や、それこそ小冊子なんかの影響もあって、深いんだか何だかよく判らないことを、時々言う。

「それは、わしらには判らない世界だからの」

　この部屋の最長老、ダイニングテーブルの上にいる花瓶さんがこう話をまとめる。

(花瓶さんは、晶子さんがとうに亡《な》くなったおばあさんから貰ったものだそうで、なんだか無茶苦茶古いものであるらしい。骨董品《こっとうひん》、という区別の家財道具で、江戸、とかいう、訳の判らない時代から、生きてきたものらしい。)

「いやはや、生き物の世界は、謎《なぞ》に満ちておる」

☆

「いい加減、話を戻して欲しい」

〝いやはや、生き物の世界は、謎に満ちておる。〟

この花瓶さんの台詞で、この部屋のみんなが黙り込んで、二分。業《ごう》を煮やしたのか、口火を切ったのは、碁盤さん。

「確かに、ダイニングテーブルさんの言うように、あの程度の出血では、晶子さんは死ななくて当然なのかも知れない。あの程度の出血しかさせられなかったということは、私による〝殺人事件〟は、起こりようがなかったのかも知れない。だが、実際に殺し得なかったことと、私が殺人を目論《もくろ》んだこととは、まったく話が違うだろう？」

あ、それは、確かにそうだ。ミーシャもそう思う。

ひとを殺そうとして殴った時、そこに〝殺意〟があったのなら、本人が非力で、殴った相手にたいした被害を齎《もたら》さなかったとしても……それでも、それは、殺人未遂って言えるんじゃないのか？

けど。

でも。

何だって、碁盤さんは、こうも自分の〝殺意〟を主張したいんだろう。

そもそもが、碁盤さんが言い出すまで、誰も晶子さんの事故を問題視なんかしていなかった。みんな、あれは、「晶子さんがこけた」だけだと思っていた。勿論、人間社会でもそう思われていて、あれは、家庭内事故で決着がついている。（大体が、意識を取り戻したあと、晶子さん本人が、そう言っている。）

それなのに。

「あれは殺人未遂だった」

って、あくまで主張しているのが、碁盤さんなんだよね。

しかもその上。

「犯人は私だ」

碁盤さんの主張は、これに尽きる。

「だから、私を裁いて欲しい」

いや、この裁判で、仮に碁盤さんが有罪になったとして、そのあと、彼はどうなるの、裁かれた碁盤さんはどんな刑に服するの、そういうの、全部、判らないんだが……。

「ここで」

碁盤さんは言う。

「私の、動機を話したい」

☆

この後、碁盤さんは、自分の動機を縷々《るる》しゃべるのだが……それを、そのまま、碁盤さんの台詞のままに書くと、かなり判りにくいので、時系列にそって、まとめてしまおう。

碁盤さんは、もともとは、晶子さんのひいおじいさんの碁盤だった。

頃は大正。

ひいおじいさんは、群馬県の学校の先生で、大層な囲碁好き。

碁盤として。生まれてすぐ。ひいおじいさんの碁盤になった碁盤さんは、自分の上で、数々の名勝負が行われるのを楽しんでいた。いや、勿論、名勝負ったって、それは、今も棋譜が残っている、プロの棋士達が繰り広げていたものとは話が違うよ、ひいおじいさんはそれなりに強かったらしいんだけれど、強い碁敵《ごがたき》もいたらしいんだけれど、大抵の場合は、へぼが楽しんでいる名勝負。

でも。それは、楽しかったのだ。とてもとても、楽しかったのだ。自分の上で、そんな楽しいものが繰り広げられているのが、本当に幸せだったのだ、碁盤さん。

が。やがて、昭和になる頃。ひいおじいさんの息子（つまり晶子さんの祖父だ）が生まれ、その子の体が弱く、東京でその子に当時の先端医療を施す為、ひいおじいさんは上京を決意、伝《つて》をたどって、東京で出版社に就職することになる。

この頃も、碁盤さんは幸せだったのだ。

昭和初期から戦前に至るまで。

出版社に勤めることになったひいおじいさんは、さまざまな戦いを碁盤の上で繰り広げることができた。（昭和初期の文学者には、囲碁を嗜《たしな》むひとがかなり多く、この時期は、〝へぼ〟ではない名勝負を、碁盤の上で繰り広げることができたらしい。勿論、作家さんが、わざわざ一編集者の家にまで来て、それで碁を打つことはあまりない。だが、稀にはそういうこともあったらしいし、大きな出版社には大抵碁盤が常備してあり、編集者は、作家とそこで碁を打つことが結構あったらしいのだ。というか、著名な作家が出版社に来た時、お茶をいれるのと同時に、「まずは一局」って感じで、碁を打つケース、かなりあったらしい。その為に、当時は、囲碁が強い編集者っていうひとが、出版社には何人もいたらしい。——ちょっと違うかも知れないんだけれど、いわば、接待の一環として、碁を打っていた時代があったらしい——。んで、ひいおじいさんは、そんな接待要員のうちの一人。そんでもって、対局をしたひいおじいさん、あるいは、観戦していたひいおじいさん、家に帰ると、まず、その日の棋譜を碁盤さんの上で並べることもあったらしい、これは、碁盤さんにとっては、至福の時だったのだそうだ。)

　だが。時間は、流れる。

戦後。ひいおじいさんは、出版社を定年退職することになり、自宅で書道教室を開くことになる。

　この時も、碁盤さんは、幸せだったのだ。

自宅で書道教室の先生をやっているお年寄り。こういう状況のひいおじいさんには、近所に碁敵が何人もいて、家で教室をやっているのだ、そういうひと達が、なんだかんだと碁会所がわりにひいおじいさんの処に碁を打ちにきてくれる。

出版社で、かなり強い作家さんなんかを相手にしていた時とはまったく違うんだけれど、むしろ、碁盤さんにとっては、こっちの方がずっと幸せだったのかも。

その日の、終わってしまった戦いを、棋譜として並べるんじゃない、現時点での戦いが、碁盤さんの上で、繰り広げられているから。

またまた、へぼ碁になるんだけれど、自分の上で戦いが繰り広げられている。

碁盤にとって、これ以上の幸せって、ない。

だが。

この〝幸せ〟は……ひいおじいさんが亡くなった時に、終わる。

というのは、ひいおじいさんの息子である（つまり、晶子さんの祖父である）ひとが、まったく、囲碁を、やらなかったから。

ひいおじいさんが亡くなった時からあと、碁盤さんは、自分の上で碁を打って貰えることが……まったく、なかった。非常に稀に、お正月なんか、集まった孫達が〝五目並べ〟で遊んだことはあったのだが、そのくらい。しかも、その〝五目並べ〟って、勝手なルールで勝手にやっているものであって、碁盤さんにはとても文句があったらしい。（正しい〝五目並べ〟は、〝連珠《れんじゅ》〟といって、ちゃんとしたルールがあるちゃんとした競技である。けれど、〝連珠〟のルールを知っているひとは、まず滅多にいない。大抵のひとが思っている〝五目並べ〟は、〝連珠〟とは似て非なるものなのである。)

文句を言いたくても言えない碁盤さんは、やがて……気がつくと、物置に閉じ込められることになる。

が。その前に。もっと酷い目にもあった。

ひいおじいさんが亡くなってからあと、しばらく、碁盤さん、碁盤であるのに、まったくそれとは違うことを要求されたんだよね。

碁盤さんの特徴と言えば、とにかく、重くて、平らで、まっすぐであること。

息子さんの奥さん(つまり晶子さんのお祖母《ばあ》さんだ)は、洋裁をやっていた。そして、まっすぐで平らな碁盤さんは……洋裁の、型紙をとるのに、まさに最適な台だったんだよね。

今なら、洋裁が趣味の奥さんがいたら、キッチンの脇に家事コーナーを作って折り畳み式のテーブルを作るだの何だの、やりようがあったのかも知れない。けれど、昭和の、それも三十年代の頃には、奥さんの趣味の為にそういうことを考える家庭は、まず、なくって……。

結果、息子さんの奥さん（つまりは晶子さんのお祖母さん）は、碁盤さんを、洋裁の為の台として使ったのだ。碁盤さんの上で型紙を切ったり、布に印をつけたり……。今でも、碁盤さんには、てんてんてんって感じの傷が残っている。息子さんの奥さんが、布に印をつける為に記したあとだ。

それからまた。晶子さんのお母さんも、碁盤さんに酷いことをしていた。

なんせ、碁盤さん、まっ平らで重いんだもの。

床に、百科事典だの何だの、大きい書籍を並べる。その上に新聞紙を敷いて、そこに花をはさむ。そして、その上に逆さまにした碁盤さんを乗っけると、おお、押し花を作るのに、こんなにいいものは、他にないではないか。

と、いう訳で。

ひいおじいさんが亡くなったあと、碁盤さんは、洋裁の台になったり、押し花製造機になったり、稀にお正月に子供が来たと思ったら、〝囲碁〟はやってもらえず、その上〝連珠〟ではない変な〝五目並べ〟の舞台となり……。

何とも言えない時代を過ごし、やがて、碁盤さんは、物置の中に放置されるようになる。

ここで、時間がたつ。かなりたつ。放置されていた碁盤さんの記憶が途切れる。

んで、平成。

それも、二十数年、たってから。

いきなり碁盤さんは、碁盤として復活した。

碁盤さんのことを、〝押し花製造機〟としてしか認識していなかった筈の、そんな女の子の娘、晶子さんが、何故だか、いきなり、三十の手習いで囲碁を始めたのだ。

囲碁を始めた晶子さん、旦那の芳樹さんと一緒に囲碁教室なんかに通いだし、やがて、実家の物置にずっとずっと放置されていた碁盤さんを家に引き取り、そこで、碁を打ち出したのだ。

☆

「どんっだけっ！」

碁盤さんの声、もう、うわずっている。

「どん、だけ、どれ、だけ、ああ、もう、どれ程にっ！　どんっだけ、私が嬉《うれ》しかったか、それが、他の、誰に、判るっ！」

ああ。単語がみんな、とぎれとぎれだわな。こんな碁盤さんの気持ちは、ミーシャには、判る……ような、気が、なんか、しないでもない。碁盤さんの迫力を考えると、まさか、〝判る〟とは絶対に言えないけれど。

「私の上で、碁を打ってくれる。へぼだの莫迦《ばか》だの下手だの駄目だのあり得ないだの、それはもう、どうでもいい。どんだけ下手であろうが、あり得ない程変な手であろうが、私の、上、でっ！　私の上で、まさに今、囲碁の勝負が繰り広げられているのなら……」

ああ、もう、なんか、碁盤さんは、泣きそうなんだよ。

「最初の頃なんか、晶子さんも芳樹さんも、基本の死活すら判っていなかったんだぞっ！」

と、言われても。それがどんな状況であるのか、ミーシャには判らない。

「あからさまに死んでいる石を、それでも助けようとする晶子さん。ほっときゃいいのに、下手に妙につきあったせいで、失着を繰り返し、何故か、死んでた筈の晶子さんの石が復活しちゃって茫然自失《ぼうぜんじしつ》する芳樹さん。……これはもう、へぼとか、素人《しろうと》とか、そういう次元じゃない。そもそもルールをちゃんと判っているのかおまえらはっていう状況なんだが……そういう戦いを、自分の上で繰り広げられて……」

プライド的に、そういうのは問題なのかな？　ちょっとそう思ったミーシャなんだが。

「そういう戦いを自分の上で繰り広げられて……私は……私は……こんなに嬉しかったことはない」

　あらら。そういうものなんですか。

「ちゃんとした碁打ちがやっている手ではないんだぞ。〝へぼ〟の碁打ちが打つ手でもない。莫迦としか言いようがない。素人がふたり、私の上で遊んでいる。……だが、それを見ている私は、とても、嬉しい。とても、楽しい。何十年かぶりに、心から、私は、楽しかった」

　はあ。ミーシャにしてみれば……何とも言いようがない。

「いるんだかいないんだか判らない神様に、私は感謝した。〝名勝負〟なんて、私は望まない。いや、そりゃ、私の上で名勝負が繰り広げられるのなら、それは確かに幸せなんだが、私は、そんなことを願ってはいない。〝名〟がつかなくていい、どんなへぼでもいい、私の上で、〝勝負〟が行われること、それを、それだけを、私は、願っている」

　はあ。でも、それならば、碁盤さんが晶子さんに殺意を覚える訳がないのでは？

「ところが」

ここで、一転して、碁盤さんの台詞《せりふ》、暗くなる。

「時間がたつと……当たり前なんだが……この二人は、強く、なってきちまったんだ」

「はい？」

えっと、今までの碁盤さんの台詞をまとめると……えーっと、えっと、この二人が強くなってくれれば、いずれ、碁盤さんの上で名勝負が繰り広げられる可能性ができたってことであって……ここで、何で暗くなってしまうんだろう、碁盤さんの台詞。

「いや、強くなるのは大歓迎なんだよ。今では、二人共、初段くらいの実力はある。ちょっと前まで、私の上で繰り広げられていた戦いは、ま、へぼだけれどね、それでも一応、〝囲碁〟になっていた。きっちり〝勝負〟になっていた」

「じゃあ、碁盤さんにしてみれば、万々歳じゃないのか？」

ここでTVさんから声がかかる。ミーシャも、まったく同じことを言いたい。

「ああ、万々歳だったんだ。……その……二人が……碁を、打ち続けてくれさえすれば」

「え、だってー」

「囲碁、やってるよね」

「打ってる晶子さん」

「芳樹さんも」

菟柄座布団さんの茶々がはいったんだけれど、ミーシャは、それを無視する。だって、この流れだと……。

「なんか、あったんですね？　いや、その前に、碁盤さん、〝ちょっと前まで〟って言いました。そのあと、〝二人が、碁を、打ち続けてくれさえすれば〟とも言いました。……あの二人……休日とか、よく、二人で碁盤さんを囲んでますけれど……ひょっとして、碁、打っていないんですか？」

なんか、そんな、会話の流れだ。

だから、ミーシャがこんなことを言うと……。

まるで。

よくぞ言ってくださいました、その台詞を待っていたんですっていう感じで、碁盤さん、言う。言い募る。

「そうなんだよっ！」

言われてしまった、ミーシャが焦《あせ》る。だって、晶子さんと芳樹さんは、休日には二人で碁盤さんを囲んでいて、その状況は、この部屋のみんなが見ていて……これで、碁を打っていないって、それは、何？

☆

「あの二人は、本当に順当に碁が打てるようになってしまった。その結果として、晶子さんと芳樹さん、自分の碁を並べ直すことができるようになっちまったんだよ。どっちかだけできるだけならともかく、二人共、できるようになっちまった」

……って……これは、意味が、判《わか》らない。そんで、ミーシャが〝意味判らない〟っていう表情を浮かべているのが判ったのか、碁盤さん、補足説明。

「ちゃんとした碁打ちなら、初手から自分の打った碁を再現できるんだよ。普通自分がどこに打ったか覚えているもんだ。で、二人は、二人共に、これができるようになっちまった」

「あの、それは、お二人の進境が著しいってことであって……何か、問題が？」

「問題は、ありすぎなんだ。こうなると……喧嘩《けんか》が、発生する」

「……って？」

「あの二人、ちゃんとした感想戦ができるようになっちまったんだよっ」

はい？　またまた意味が判らない言葉が出現して、ミーシャはちょっと戸惑う。

「感想戦っていうのはね、初手から今打った碁を並べてみて、『この手がまずかった』『これはこっちに打った方がいいんじゃないか』ってことを、お互いに言い合うことなんだよ。……確かに、これをやるのは、囲碁上達にとっては、必要不可欠なことだ。これをやればやる程、囲碁は強くなる。プロ棋士なんかは絶対にこれをやる。……だが、家族は、家族だけは、これをやっちゃ、いけないんだ」

「……って……？」

「喧嘩になる」

「……な……何故、ですか？」

「プロ同士が感想戦をやるのなら、双方、相手に遠慮もあるだろうし、自分のプライドもある。そもそもがプロだ。敗因のレベルが違う。敗着になった手から、その後どう打つかによって、状況がまったく変わってくる。だから、きっちり、検討をして感想戦ができる。碁会所なんかで終わった勝負に対してそれをやるのなら、これまた同じだ。負けた方は本当に悔しいんだよ、けど、それを飲み込んで、感想戦ができる。まして、大体の場合、碁会所で打っている連中は、強さに差がある。故《ゆえ》に、感想戦は、強いひとが弱いひとに〝この手がいけなかった〟〝この手は素晴らしかった〟ってなことを教えているっていう感じになる。だから、どんなに悔しくとも、負けたひとはそれを飲み込んで、むしろ、自分の欠点を教えて貰っている気持ちで感想戦で勉強をする。…………けど。けど……家族は」

「はい、家族は」

「そんなことができる程、距離が遠くない。甘えもでてくる。負けた方は悔しい。そこへ持ってきて、多分自分でも判っている敗着を指摘される。片方がとにかく強いのなら、まだ、いい。だが、どっちも同じくらい強くて、敗着が判っていたら……それをあからさまに指摘されたら……これが、悔しくない訳が、ないだろ？」

あ。

確かに、そんなことは、あるのかも知れない。

「囲碁で負けた悔しさはね、また、特殊なんだ。夜。布団の中で。負けた方が、その日の囲碁を思い出す。と、この時、そのひとの頭の中に浮かぶのは、その時、負けた、手順だ。どうしようもなく、自分が弱くて負けたのなら、それは、諦《あきら》めもつくよ？何で自分が負けたのか、その理由が判らない程徹底的に負けたのなら、そりゃまた別の意味で諦めもつく。だが、あきらかに自分が失敗して、失着があって、それで負けたって判っていたのなら」

「……」

「あの時、あそこにさえ打たなければ。こっちに打っておいてさえいれば」

ああ。

「その場合、悔しくて悔しくて、も、どうしようもない。夜、布団の中で、足をばたばたさせて悔しさを紛らわしたりもする」

うん。

「それを、感想戦では指摘される訳だ。夫婦の間柄で。これはもう……」

「喧嘩になるしか、ない、ですか」

はあ。成程、ミーシャ、なんとなく判ったんだけれど……でも……。

「とはいうものの、お二人共、立派なおとな、ですよね?」

「ああ。勿論《もちろん》、二人共、囲碁に負けたからって切れる訳ではない。すぐに喧嘩は発生しない」

なら、いいんじゃないですか……って言いかけたミーシャ、なんか、碁盤さんの雰囲気があんまり剣呑《けんのん》だったので、その言葉を飲み込む。

「いっそ、切れてくれた方が判りやすくていいわっ。喧嘩やってくれればどれ程判りやすいかっ。そんな感じで、二人は、おかしくなる」

「……って……」

「芳樹さんの場合は、とにかく無言だ。無言で……ただ、機嫌が、機嫌だけが、もの凄《すご》い勢いで悪くなる。なんかその辺に暗雲が漂っているって目に見える気がするくらい、無言で、機嫌だけが悪くなる」

無言なら、問題はそんなにないんじゃないか……って言いかけたミーシャ、台詞を飲み込む。まあ、その、多分、芳樹さんの無言は、〝とっても問題がある無言〟なんだろうなって、碁盤さんを見ているだけで判る。

「晶子さんの場合は……その……例えば、靴下、だ」

「はい？　靴下？」

今度はほんとに訳が判らなかったので、ミーシャ、つい、反問。

「芳樹さんは、よく、靴下を脱いだままで、裏返っている状態で、洗濯籠《かご》の中にいれるって話を、晶子さんはするだろ？」

ああ。よく、晶子さんは怒っているよね。

「囲碁で負けると、晶子さんはそんなことを言い出すんだよ。何で靴下をちゃんとしないのか、脱いだままの靴下は裏返しになっているから、うっかりそれをそのまま洗っちゃったら、それを干す時に晶子さんがどんなに大変なのか、そんなことを」

「あ……いやそりゃ……確かに晶子さん、大変だろうと……」

「あるいは、御飯茶碗《ごはんぢゃわん》だ」

「はい？　茶碗？」

「芳樹さんは、夕飯がすんだ後、御飯茶碗をテーブルの上によくほっとく。しょうがないから晶子さんがそれを流しに持ってゆくんだが、そんでもって、使用済の食器を洗うのはすべて晶子さんなんだが」

ああ。御飯茶碗は、「ごちそうさま」を言った後、できるだけすみやかに流しに持っていって、水に浸《つ》けろって、晶子さんはしばしば言っているよね。それをやってくれないと、乾いたお米がかぴかぴになって、食器を洗う晶子さんが本当に大変なんだって。

「あなたは、何故《なぜ》、もうちょっと家事をやっているあたしのことを気づかってくれないのか」

碁盤さん、晶子さんの声を真似《まね》て、こんなことを言う。それは、まったくそのとおりだと思うんだが……あの、囲碁と、それ、どんな関係が？

「不機嫌になって、もの凄く重い無言を押し通す芳樹さんも、靴下や御飯茶碗のことをいきなり言い出す晶子さんも、やっていることは、同じだ。二人共、囲碁に負けたせいで、悔しくて、悔しくて、〝切れて〟いるんだ。けど、さすがに、いい大人だから、双方共そうは言えない。だから、反応が〝変〟になる」

成程。

「で、だから。それが、二人共によく判ってしまったから」

ここで、碁盤さんは、衝撃の事実を告げるのだ。

「あの二人は、もう半年……いや、一年になるのかな、碁を打っていないんだよ」

☆

「て、あの？」

いや、だって。

「いや、そりゃないだろ碁盤さん」

「…………変…………。変…………な、のー…………」

「よく碁盤を囲んでましたよ、あの二人」

ＴＶさんだの食器棚さんだの椅子《いす》さんだの、様々なひとたちがこう言い募る。

だが。

「打っていないんだよ、あの二人。あの二人は、ここしばらく碁盤である私を囲んでいても、碁を打ってはいない」

「じゃ、何しているんですあの二人」

「……基本的に、詰め碁を解いているよな。最近は、『二分で解けたら三級』みたいな奴《やつ》じゃない、もっとなんていうのか、エレガントっていうか、工夫があったり難しい詰め碁の本があって、それを二人で解いている。あるいは、棋譜を並べているな。最近は、二人共、好きなプロ棋士ができるくらいの強さになったから、お互いに御《ご》贔屓《ひいき》の棋士の最新の棋譜を並べあったり」

ああ。碁盤さんを囲んでいても、碁を打つこと以外に……そういうことも、できるのか。

そう思って、ミーシャも、他のみんなも、なんか納得して無言になると、いきなり。それをぶった切るようにして、碁盤さん。

「それが動機だ」

って？　あの？一瞬、ミーシャ、何を言われたんだか判らなかった。でも、次の瞬間、ゆるゆると理解が追いついてきて……。

「あの、碁盤さんが晶子さんを殺そうと思ったのって……」

「これが動機だ。私は、自分の上で、囲碁の勝負を、囲碁の勝負だけを、繰り広げて欲しい。私がやって欲しいのは、訳判らない連珠もどきの〝五目並べ〟ではなく、ましてや型紙取りや押し花作りではない、〝囲碁〟、だ。そして、一回は、それをやってくれていた晶子さんが、これをやらなくなったのなら……」

　これをやらなくなったのなら……。

「最初っから、私に期待を持たせなかったのなら、晶子さんのお母さんやお祖母さんがそうだったように、最初っから私のことを、平らな台や重しとしてしか見ていなかったのなら、それは、それで、いい。いや、よくはまったくないんだが、それはそれで納得できる。だが、一回、私を、碁盤として認識し、碁盤として私に接して……そのあとで、それを、裏切ったのなら。この、裏切りが、私に齎《もたら》す、この、落ちこんでしまう感情は、一体、どれ程のものだと思う?」

　……あ。ああ。

「許し、がたい。私が、望んでいるのは、囲碁の勝負だ。へぼでもいい、駄目でもいい、莫迦でもいい、ただ、私は、勝負だけを、それだけを、して欲しかったんだ。そして、晶子さんは、それをやってくれた。私が、どんなに、どれ程、晶子さんを愛したか。なのに、彼女はそれを裏切ったのだ。……詰め碁？　棋譜並べ？　確かに、私の上で晶子さんはそういうものをやってくれてはいる。けれど、私がやって欲しいのは、そういうものではない。どんなにへぼでもいい、どんなに駄目でもいい、ただ、勝負を。正しい勝負を。それだけを私は……」

「可愛《かわい》さ余って憎さ百倍」

ぼそっと、新聞ストッカーさんが言う。

「まさに、そのとおり。だから、私は、晶子さんを殺そうと思った」

碁盤さんがこう言い切り。殆《ほとん》どのみんなが、それを納得した、その時に。

いきなり。

細い悲鳴が、部屋の中に響きわたった……。

☆

「駄目え……ですう……」

もの凄く細い悲鳴。

誰が言ったものなんだか、瞬時に判らない。

「駄目え、ですう。ごめんなさい、ごめんなさい、ごめんなさい」

ここまで言われても、この台詞、誰が言ったのかよく判らない。だから、ミーシャ、思いっきり、目をあちこちに転じて。それで、やっと、判る。ああ、この台詞を言ったのは、碁盤さんの前に置かれている、夫婦座布団《めおとざぶとん》さんの片方、なんだな。

「ありがとう碁盤さん、ごめんなさいみなさま。この事件の、真犯人は、あたし、です」

って、言われても。

なんか、急展開に、ミーシャ、ついてゆけない。

「最初っから、あたしが、犯人でした。あたしのせいで、晶子さん、碁盤さんの前でこけたんです。あたしに、足をひっかけて。ですので、犯人は、あたしです。最初っから、あたしに決まっているんですけれど……碁盤さんが」

はい、碁盤さんが？

「ひたすら、あたしのことをかばってくださって」

え？　あの？

よくよく見ると。こう言っているのは、夫婦座布団さんの片方、赤、だった。（夫婦座布団さんは、まったく同じサイズで、赤と青のふたりがいる。菟柄《うさぎがら》座布団さんの倍くらいの厚みがある、もの凄く立派な座布団さんなのだ。）

「あたしと夫は、碁盤さんを挟んで二人並んでいます」

この場合の〝夫〟っていうのは、夫婦座布団さん青のことなんだろうなあ。

「この家で、囲碁コーナーができてからずっと、そういう配置でした。それで、碁盤さんは、あたし達のことを、とっても可愛がってくれていたんです。それこそ、わが子のように。常に、あたし達夫婦が碁盤さんを挟んでいるんですもの、何かと気を遣《つか》ってくださって、フローリングの家では座布団はちょっと居心地悪いよなって、いろいろ気を配ってくださって。よく声もかけてくださって……」

ぐすぐすぐす。とにかく涙ぐむ夫婦座布団さん赤。

「それで。問題の、晶子さんが転んだ時……その理由と、その責任は、あたしにあるんですう」

ここで。

夫婦座布団さん赤、無機物はひとが見ていない時なら何とか動けるっていう前提条件に則《のっと》って、動いてみせる。それはもう、座布団にしてはとっても大仰な動き。こんなふうに動く無機物を、ミーシャは、見るの、初めてだ。うん、何をやってみせたのかっていえば……なんと、〝えいやさっ〟って全身を使ってひっくり返ってみせたのだ。

「ご覧になればお判りでしょう？　あたし……さっきまで下側にして、みせないようにしていましたけれど……ちょっと、破けてます」

あ。確かに。夫婦座布団さん赤の真ん中くらいに、ちょっと布が破けた処《ところ》があって……。

「晶子さんは、あたしの、ここに、足をひっかけて転びました。そして、碁盤さんに頭をぶつけたんです。みなさま、晶子さんは粗忽《そこつ》だから転んで当然って感じで、晶子さんが転んだことそれ自体は問題にしていなかったんですが……普通、ひとは、何もない処では転びません。転ぶ要因があったから、晶子さんは、転んだんです。そして、その要因は、布が破けたあたしです。……あたしが、犯人なんです」

「え」

「晶子さん粗忽だから、じゃ、ないのか」

「粗忽にも理由があるのか」

「晶子さん粗忽で、すべての説明がついていたとばっかり思っていたが」

「あの粗忽にまさか理由があったとは思いもしなかった」

この部屋にいる連中が、一斉に何かしゃべりだし、しばらく続く混沌《こんとん》。

「碁盤さん」

しばらく混沌が続いたあとで、それを収拾したのはダイニングテーブルさんだった。

「それは、本当かね」

ここで珍しくあたふたする碁盤さん。

「いや、それは、あの、そもそも……」

「芳樹さんが帰って来て、晶子さんが救急車で運ばれたあと。この部屋は、しばらく無人になりました。その時、碁盤さんが、あたしに言ったんです。〝できることならひっくり返れ〟って。……それであたし……訳判らないまま、自分にそんな動きができるのかどうか判らないまま……それでも、がんばって、ひっくり返りました。ひっくり返ったら、あたしの裂け目は、見えなくなりました。だから、晶子さんがひっかかった処は判らなくなって、しかも、晶子さんがこけたのは、〝晶子さんは粗忽なひとだから当然だ〟で話が済んでしまって……でも、その前に、碁盤さんが、言ったんです。〝晶子さんが事故にあったのは、私のせいだ。私の角がとがっているから、だから晶子さんは、出血したのだ。それは、間違っても君のせいではないからね、君はそれを気にしなくてもいい。すべては、角がとがっていた私のせいだからね。実際、私には晶子さんに含むところがある訳だし〟」

「碁盤さんには、感謝している」

いきなりこう言ったのは、夫婦座布団さん青。

「妻を……ここまでかばっていただけるとは。だから、私は、何も言えなかった。妻にも、何も言わないように言ってはいた。だが、話がここまでくると……さすがに黙っているのは……」

この辺で、これまた、この部屋の中は騒然となる。

「あたしー、あたしー、碁盤さん支持ー」

「かっけー。かっけーぞ、碁盤さん」

「かっこいいって、もうちょっとちゃんとした日本語を遣いなさいね、菟柄座布団さん達」

「でも、碁盤さん、かっけーもん。かっけー」

☆

「つまる処」

しばらくの間、この部屋は本当に騒然としてしまった。だが、その〝騒然〟がすぎた処で。

　ダイニングテーブルさんが、話を仕切り直した。

「晶子さんの事故は、実は、晶子さんが粗忽であった為《ため》ではなく、晶子さんが夫婦座布団さん赤の綻《ほころ》びに、足をひっかけてしまったせいである、と。碁盤さんは、それを糊塗《こと》したいが故に、あくまで自分が犯人であると主張した、と」

　そういう話になるのか？　いや、そういう話になるんだろう。けれどそれ、何だか微妙に納得がいかないような気が……。

　ミーシャがそんなことを思っていると、ふいに、窓の方から。

「それはー、話がー、違うー、とー、思うー」

　食器棚さんみたいに空白が多いんじゃない、なんだかもっとたどたどしい……本当にしゃべり慣れていないって風情《ふぜい》の声がした。でも、その辺には、家具のひとは誰もおらず……いや、窓も、しゃべれるのか？　窓がしゃべったとしか思えないんだけれど、窓みたいな、家を構成している要素って、しゃべれたんだっけか？

「君は、誰だね」

　ダイニングテーブルさん、まっすぐ窓の方を見ながら聞く。

「窓や壁がしゃべれたという話は、聞いたことがないのだが」

「カーテンー、レースのー、カーテンー」

あ、カーテンさんか。なんか、窓とあまりに一体になっているから、そこにカーテンさんがいることに気がつかなかった。（というか、確かに家具の一種ではあるんだけれど、今までミーシャ、カーテンさんが家具だって、思ってもいなかった。）

「見てー、くれればー、判るー。傷ー、だらけー」

「はい？」

この部屋の今まで会話に参加していたひと、ほぼ全員、意味が判らない。と、比較的カーテンさんの近所にいた新聞ストッカーさんが目を凝らして。

「おお。そういえば、引き攣《つ》っている処がある……っていうか、妙に引き攣れが多いな。……いや、見れば見る程多いな、凄い量あるな、カーテンさん、あんた病気か？　体調が悪いのか？　大丈夫か？」

……カーテンって病気になるのか？　瞬時ミーシャ、そんなことを疑問に思う。けど、カーテンさんの台詞が、ミーシャのそんな疑問をすぐに取っ払う。

「違うー、猫ー」

「ねこ？」

そうだ、この家には、猫が一匹いる。ミーシャが常々警戒している、とても凶暴で恐ろしい生き物が。

「猫ー、駆け上るー」

「……ああ……そういえば……よくレースのカーテンを、猫が駆け上って、カーテンレールの上に登っているよなあ」

このダイニングテーブルさんの台詞に、部屋の中のひと、みんな納得。

「猫ー、駆け上るー、傷ー」

「ああ。猫が駆け上るから、その時爪《つめ》をたてるから、レースのカーテンさんは引き攣れだらけになってしまった訳か。……それは確かに、同情に値するっていうか、猫酷《ひど》いとは思うんだが、現在の裁判と、それに一体何の関係がある」

「犯人ー、猫ー」

「え？」

「座布団さんー、破けるー、犯人ー、猫ー」

え……ああっ！

☆

「そうかっ！」

成程、これですべての謎《なぞ》は解けた。まるっきりそんなことを言い出しかねないような口調で、ダイニングテーブルさん、口火を切る。

「夫婦座布団さん赤に、綻びがあったのは事実だろう。それに、晶子さんが足をひっかけて、転んでしまったのも事実。だから、一見、夫婦座布団さん赤が犯人に見える。……けれど、夫婦座布団さん、経年劣化で布地が自然に綻びるような年じゃ、まだ全然ない訳で、ということは、夫婦座布団さんに〝綻び〟を作った、真実の犯人がいる」

ここで、ダイニングテーブルさん、ちょっと息を呑《の》み。台詞と溜《た》め。

「その、真犯人は……猫、だ！」

だけど、ダイニングテーブルさんがこう言う前に、この部屋のひと達、ほぼ全員が、真犯人は猫だって判っていたので……〝溜め〟まで作ったこの台詞に、感動してくれたのは、菟柄座布団さん達だけだった。

「ひゅーひゅー、ダイニングテーブルさん、かっけー」

「ダイニングテーブルさん、支持ー」

「いよっ、名探偵」

それからまた。もっと明確に、猫を非難する台詞が続く。

「……食器棚はね……食器棚は……思うの……。食器棚だって……ばたばた……したい……。なのに……できない。……今……食器棚はね……ばたばたできる……観音開きの扉をね……ゴムでね……留められているの……。これ……食器棚はね……とっても哀《かな》しくてね……、これ……猫のせいなの……」

　そのとおりだ。食器棚さんの観音開きの扉は、もうずっと、開かないようゴムで留められている。んで、何でこうなったのかって言えば、猫が、観音開きの食器棚の扉を勝手に開けて、中に収まっているワイングラスや紅茶茶碗を下に落とす遊びをしたからだ。そのせいで、食器棚さんは、〝ばたばた〟できなくなっている。うん、最初っから、食器棚さん、〝ばたばた〟できないのが何か不満そうだったよね、それは、〝猫〟のせいだったのだ。

そして。

とどめは、恐ろしく太い声だった。今まで、誰も聞いたことがない声。しかも、物凄く、しゃべるのが、ゆっくり。

「か」

はい、か？

「べ」

か・べ？　いや、壁は、さすがに、家具じゃないでしょ？

「が…………み…………」

あ、壁紙さん、ね。

「は」

はい、は。

「が」

はが？

なんてやっていると、もの凄い勢いで時間がかかりそうなので。

この〝壁紙さん〟の台詞を纏《まと》めると、「壁紙は猫により剝《は》がされた。あっちこっちで猫が爪を研ぐ為、壁紙は傷だらけになり、一回、傷ができ、そこを剝がしやすくなると、それは猫にとって楽しいらしくて、集中的にそこばっかり被害にあう」というものらしい。結果として、壁紙さんの一部は、もう、見すぼらしいとしか言いようがない程、猫によって剝がされまくってしまったらしいのだ。

だから。壁紙さん、断固として、猫を糾弾するのに参加したい……らしい。（あまりに壁紙さんの台詞がゆっくりすぎるので、その台詞の途中で、業《ごう》を煮やした、壁紙さんの近くにいる、ＴＶさんが台詞を纏めてしまったのだが。このＴＶさんの台詞のとりまとめに対して、壁紙さんから文句がでなかったということは、これ、ほぼ、正しいのだろう。いや、壁紙さんの台詞を、ちゃんと全部聞いていると、何時間かかるか判らないからね……。）

☆

「つまる処」

今回の裁判、どうやら、ダイニングテーブルさんのこの台詞で纏まりそうだ。

「問題は、猫、か」

「……猫、の、ようだな」

被告であった筈《はず》の碁盤さんも、いつの間にか、立場を忘れて大手をふってこう発言している。

そして。

傍聴していた、この家のすべての家具達、みんな、これに納得している。


いつの間にか。

裁判なんてもうどうでもいい。

ただ。

〝問題は猫〟。

この家の、人間二人を除く、ほぼすべての構成要員が、こう、確信した。

確信してしまった。


それは、正しいと思う。この家で、暴虐《ぼうぎゃく》をふるっているのは、猫だ。

それに、ミーシャも、まったく文句はない。

だけど。

何だって、碁盤さん、わざわざこんな裁判をしたんだろう。夫婦座布団さん赤をかばってっていうのは、夫婦座布団さん赤には悪いんだけれど、多分、きっと、口実だ。

碁盤さんが被告になった裁判の過程で、夫婦座布団さん赤が、我慢できなくなって自白する、そこまで、きっと、碁盤さんは、読んでいた。そして、夫婦座布団さん赤が告白したら、更にそのあと、誰か、この家の誰かが、猫のことを告発する、そこまでもきっと、碁盤さんは読んでいた。

そして、いざ、猫が告発されたなら。間違いない、この家には、猫のことをかばうひとは誰もいない。むしろ、猫の糾弾に、拍車がかかるだろう。そこまで、碁盤さんは、読み切っていた筈。

と、すると。

この〝裁判〟の、本当の目的は、たったのひとつだ。

猫を、糾弾すること。

芳樹さんと晶子さんが可愛がっていて、だから、この家の誰もが文句を言えない、そんな猫のことを、糾弾すること。

勿論。

家具や家財道具やぬいぐるみが糾弾したって、それは、猫にしてみれば痛くも痒《かゆ》くもないだろう。多分、何の問題も起こらない筈。

けれど。

どうしたって、糾弾したかったんだろう、碁盤さん、猫のことを。

そう思うと。もうひとつ、判ることがある。

何故、ミーシャが、裁判官に任命されたのか。

ぬいぐるみ、だからだ。

ぬいぐるみにとって、猫というのは、ほぼ、天敵に近い。

猫が、自分に噛《か》みついたり、自分を嘗《な》め廻《まわ》したり、自分を引っ張ったりした場合、ぬいぐるみには、対抗手段がまったくない。

そういうことをしない猫もいるけれど、そういうことをする猫だって、一杯いるのだ。

そして、問題になっている〝猫〟が、そういうことをするかどうか、それは、やってみなきゃ判らないっていう話になる。今まではやらなかったけれど、明日、猫が、それをやらないという保証はないっていう話になる。

だから、ミーシャは。

裁判官であるミーシャは、自分の命の為にも、猫を排斥する理由が山程ある。実際、できることならば、猫を排斥したい。


「判決」

ミーシャは、こう、宣言する。

「今回の、晶子さん救急車搬送事件の被告である、碁盤さんは、犯人ではないと認定します。また、途中で自白された、夫婦座布団赤さんも、犯人ではないと認定します。……この場合、真犯人は、猫、で、ある、と」

うんうん、うんうんうんうん、うん、うんうんうん。傍聴人みんなが、納得した気配。

かくて、こうして。

碁盤さんが要求した、家庭内裁判は、結審したのだ。


犯人、猫。

☆

そんでもって。

碁盤さんは、思うのだ。

犯人、猫。

みんなにそう思って貰《もら》えれば……これ、やらないより絶対やった方が、いいよなあ。


碁盤さんが心から戦慄《せんりつ》したのは、この部屋に日本酒の木箱が置かれた時だった。

芳樹さんのお友達から、ちょっといいお酒の四合瓶を貰ったことがあって、そのお酒は、芳樹さんと晶子さんが仲良く二人で楽しんだんだけれど、それはかなりいいお酒だったので、木箱にはいっていた。その、四合瓶をいれた木箱が、しばらくの間、この部屋に放置されたことがあったのだ。

かりかり……かりかりかりかりかり……かりかり……かりかり。

あの時の恐怖を、碁盤さん、どう表現していいのか判らない。

なんと。放置されたその木箱に、猫が、爪を立て、一回爪を立てたらそれが楽しかったのか、その木箱で爪を研ぐようになり……気がつくと、木箱、その表面がずたずたになってしまっていたのだ。

この木箱を見た瞬間。碁盤さんは思った。

　いつ。

自分が、こうなるか、判らない。というか、いつだって、自分は、この家に猫がいる以上、こうなってしまう可能性がある。

自分で、猫が爪を研ぐ？

考えただけで死にそうな気分になってしまった、碁盤さん。

　確かに。

　それまでも、洋裁の為の台になったり、押し花の為の重しになったり、いろいろなことをしてきたよ、碁盤さん。けど、自分でもって、猫が爪を研ぐだなんて、そんなことは……。

　勿論。碁盤を大切にしている、晶子さんや芳樹さんは、間違いなくこれを許さないであろうとは思う。けれど、禁止したって、猫がそれを守る訳がない。（だって、晶子さんや芳樹さんが怒るようなことを、今まで、ずっと、猫はやり続けているのだ。）

どうしたって。

これが〝抑止力〟になるかどうかまったく判らない、というか、抑止力にはならないだろうって判っていても。

それでも、これを、やらずにはいられなかった、碁盤さん。

お願いだから。

碁盤を……家具やぬいぐるみやその他のみんなを……守って。

猫に、掣肘《せいちゅう》を加えて。

それに。

ひとさえ見ていなければ、家具は少しなら、少しだけれど、動くことができるのだ。

それならば。みんなの総意さえ、まとまっていれば……。

あるいは。

……あるいは。


〈FIN〉

なごみちゃんの大《おお》晦日《みそか》

うんっと。どっから、話、始めようかなあ。うん、やっぱり、最初っから？

最初というと、大晦日《おおみそか》。でも、最後も結局、大晦日なんだけれどね。

あの年の大晦日。

なんか、朝から、ばたばたしていた。

いや、いつだって、大晦日はばたばたしているんだけれど。でも、あたしとお姉ちゃんの〝ばたばた〟は、それまでの年とは、違ったのだ。

☆

冬休みにはいってすぐ、あたしとお姉ちゃんは、ママに言われた。

「今年は二人共大掃除をやってもらいましょう。まずは自分の部屋の掃除ねー」

で、普通に掃除をした後で、もう、ママから駄目だしの山が来ちゃって。

「なごみ、大掃除だって言ったでしょう？　あなたがやったのは、普通の掃除。お部屋にね、掃除機かけるだけじゃ駄目。窓の桟《さん》とか、スタンドの上とか、埃《ほこり》が一杯残っているじゃない」

で、ママ、スタンドの上や窓の桟を、指でこすって、指の処《ところ》にできた埃の塊を、「ふっ」って吹いてみたりする。

「ママ……おしゅーとめ、さん？　なんか、おしゅーとめさんが、厭味《いやみ》でやってることみたいだ」

「あんたね、どこでそんなこと覚えてきたの。大体、うちのおばあちゃん、そんなこと、絶対しなかったでしょ？」

うん、はい、ですね。

「これは、単に、あなたの掃除がいい加減だっていうだけの話です」

あ、はい、確かに。

また、お姉ちゃんも、ママから駄目だしの山だった。

「うん、ゆとりはさすがになごみに較《くら》べればお掃除が上手」

ここでお姉ちゃん、えっへんって胸を張ってみせたんだけれど、でも、これ、すぐにママに粉砕される。

「けど、ゆとりの部屋には、ちょっと毛足が長い絨毯《じゅうたん》があるじゃない」

「え、ちゃんとコロコロ……粘着テープで、絨毯掃除したよ？」

「ところが」

　ここでママ、お姉ちゃんの部屋の絨毯を、指で何回かこすってみる。すると、絨毯の毛足の中から、埃と髪の毛が浮いてきちゃったのね。

「粘着テープでとれるのは、絨毯表面の埃や髪の毛だけです。ゆとりは髪が長いんだから、絨毯の毛足の中には、絶対髪の毛が混入しているって思った方がいい。それを浮かせる為《ため》には、指でこすってみるといいのね」

　で、二人して、冬休み最初の自分の部屋のお掃除、やり直し。

　まあ、自分の部屋の掃除については、二日目で〝合格〟って言われたんだけれど、今度はあたしとお姉ちゃん、家全体の大掃除の作業要員にされてしまったのだ。

　二人して、家中の窓を全部拭《ふ》くとか（最初、何でこんな作業をやらされるのか、よく判《わか》らなかったのあたし。だって、窓、みんな綺麗《きれい》に見えていたんだもん。けど……実際、まっさらな雑巾《ぞうきん》で拭いてみたら、いつの間にか、雑巾が黒くなっちゃったんだよお。まったくそうは思えなかったんだけれど、窓、汚れていたんだなあ、これは）、家中のレースのカーテンを全部洗って干すとか（これまた、実際に洗うまで、何でこんなことやらなきゃいけないのかまったく判らなかった。でも、洗ってみたら、判った。洗う前のレースのカーテンと、洗った後のレースのカーテンは、微妙に、色が、違う！　いや、その前に、洗濯機の中で、洗う前、カーテンつけただけの水が、ゆるやかにうす茶色になってしまったので……うわあああ、綺麗に見えるカーテンなのに、実際は汚れていたんだあって判って驚いた）、もう、作業、満載。

　でも、まあ。

　さすがに、大晦日の一日前には、あたしもお姉ちゃんも、大掃除終えて、そして、大晦日には、〝新年を迎える為のお仕事〟になったのだ。

　んと。

　まず、ふたりで、門松ってものを家の門の処にたてた。

　それから、もう一回、改めて門から玄関の前まで、お掃除。これは、なんか、〝お掃除〟っていうより、「新年、神様が通ってくる路《みち》を掃き清める」っていう、宗教行事みたいな感じで、厳《おごそ》かに。あたし、箒《ほうき》ってものを実際に使うのはこれが初めてで（だって、家の中のお掃除をするなら、絶対掃除機の方が楽だし効率いいもん）、これが結構、わたわたわたわた。うん、使いなれていないから大変だったの。

門から玄関までの掃除が終わると。

ここで、実は、あたしもお姉ちゃんも、ママから言われた用事は全部クリアした訳で、ママから任命された〝お仕事〟からは解放された訳なんだけれど……この時のあたしには、他に、やることがあったのだ。やること……っていうか、悩んでいること。

何かって言いますと、いや、年賀状。

んーと、郵便局が言っている〝締め切り〟前に、あたし、全部の年賀状を書いて、そしてポストに投函《とうかん》したんだけれど……だから、年賀状関係は全部済んでいたんだけれど……えーっと……えっと……その……山岸くん、の、奴《やつ》、が、ね。

山岸くん。クラスメートなんだけど。

吹奏楽部、なんだよね。でもって、ホルンとかいう楽器を吹いているの。吹奏楽部はね、基本、音楽室で練習しているんだけれど、あれは音階の練習なのかなあ、山岸くん、一人で非常階段や屋上で、ドレミファソラシドを繰り返し吹いていることがたまにあって……そういうの、よく、みかけちゃって……その時の、山岸くんがね、ちょっと。一人で楽器を手にして練習している彼がね、その……かっこいい、かな、とか、ね（いや、〝たまにある〟のを〝よくみかけちゃって〟いる段階で、なんか、その……ね……）。

勿論《もちろん》あたし、すべてのクラスメートに年賀状出している訳じゃない。

だから、別に、親しくもない、特に何かあった訳でもない、山岸くんに、年賀状出す理由なんてまったくなかった。それで、郵便局が言っている締め切り前に、山岸くんに年賀状、出していなかったんだけれど。わざわざ山岸くんに年賀状を出してみる、そこまでのふんぎりがつかなかったんだけれど。

でも。

……出したい、か、な？

そんな気がしちゃっているのは、何でなんだろう。

山岸くん。

あたしから、いきなり年賀状来たら、驚くだろうか？

「え、大和田なごみから年賀状？　別に親しい訳でもないのに、何だって」

なんて、山岸くんが思っちゃったら、嫌だなあ。

でも、もっと嫌なのは、「大和田から年賀状？　あいつ、俺に気があんのか」って思われることだ。そんなこと、絶対思って欲しくないし……いや、いや、ちょっと待て、あたし。山岸くんは、そんなこと思うような男子ではない。山岸くんが、それであたしのことをからかうような男子なら、あたし、山岸くんに年賀状出そうだなんて、そもそも最初っから思わない。

あ……ああ……でも、もう一回、ちょっと待て、あたし。

あたし、勿論、この件で山岸くんにからかわれたりしたら、絶対に怒るんだけれど……でも……ちょっとは〝そう〟思って欲しいのかなあ。〝大和田なごみから年賀状が来た〟ということを、山岸くんが特別に意識してしまうことを、期待、しているのかなあ。

んーんーんー、微妙。複雑。自分でもよく判らない。

はい。これが、あたし。

大和田なごみ、十四歳。中学二年、です。

んで、お姉ちゃんは、大和田ゆとり。十七歳、高校二年。

あたし達は、まあ、普通の家族だ。パパとママとお姉ちゃんとあたし（去年まではおばあちゃんがいた。窓の桟を指でこすって、たまった埃を〝ふっ……〟とかしない、おばあちゃんが。去年の十二月、いきなり心筋梗塞《しんきんこうそく》とかいう病気になって、前日まで元気だったのに、急に死んでしまったんだけれどね）。

家族仲はまあ、普通、だと思う。

あたしは、パパやママやお姉ちゃんが好きだし、揉《も》め事《ごと》や喧嘩《けんか》している家族なんていないし、何の問題もない家族だって、あたしはうちのことを思っていた。

うちは、花卉《かき》農家で、去年の十二月までは、おじいちゃんが残した農園を、おばあちゃん中心にもり立てていた。おばあちゃんが亡《な》くなってからは、パパが中心になって、ママと二人でいろんなお花を育てている。あ、だから、今年、あたし達がいきなり大掃除要員になってしまったのは、多分、このせい。なんだかんだで、うちの農園は、おばあちゃんが精神的な支柱だったのね、そのおばあちゃんが亡くなってしまったので、ママは、今年、兼業主婦からいきなり〝農園の共同経営者〟になってしまい、家事をやってる時間が少なくなってしまったの。

だから、来年からは、少しでもいいから家事は娘に分担して欲しい、そんな感じで、大掃除をあたし達に割り振ったんじゃないかなーって、あたしもお姉ちゃんも理解している。んで、それは当然だなーって思っているので、あたしもお姉ちゃんも素直に大掃除、やったんだよ。

うちの農園で、特に、自慢なのは、チューリップ。チューリップって、そりゃいろんな品種があるんだけれど、これまた自慢になっちゃうけれど、うちの奴は、一味違うんだよー。専門用語で何て言うのか、あたしは知らないんだけれど、赤い花弁に白い筋がはいった奴とか、ピンクの花弁にオレンジっぽい色がはいった奴とか、花弁がまっすぐじゃなくてちょっと割れている奴とか、あれはもう、本当に綺麗。あたしもお姉ちゃんも、勿論実際的な労働力にはなっていないんだろうけれど、うちのお手伝い、一杯、してるし。だから、胸はって自慢。うちのチューリップは、とっても綺麗だ。

んで。あたし達は、普通の、幸せな、家族だって、あたしは思っていた。

あたしは、家族の一員として、ちゃんとやっているって思っていた。

うん。この、年の瀬までは。除夜の鐘が鳴るまでは。

ところで。

この年末に際して。

今年はねー、あたし、がんばることにしていたの。そんな決心を、していたの。

去年まではね、家族で紅白見るでしょ、で、そのうち、あたし、眠くなってきて……紅白の途中で、十一時前に、リタイアして、自分のベッドにはいっていた（他の家族は、あたしがリタイアした後で年越しのお蕎麦《そば》食べて、〝ゆく年くる年〟が始まったあたりで、うちから徒歩数分の処にある氷川《ひかわ》さまにお参りに行くのが例年の行事なんだそう）。

でも。今年は、がんばるぞっ。あたしだって、もう十四だもん、寝落ちして、家族の年末の思い出の中に自分がいないのは嫌だ、だから今年は。何が何でもがんばって起きていて、年越し蕎麦を食べ、〝ゆく年くる年〟を見て、そして、氷川さまへのお参りも、やるんだあっ！

って……ずっと前から決意していたっていうのに……朝から、門松の設置や何やで張り切りすぎたせいなのかなあ、いつもより、ずっと早い、八時になったら、もうあたし、なんだか眠くなってきちゃったの。

八時！

あり得ないよね、これ。うん、あたしだって中二だもん、普通の日だって、八時なんかに眠くならないよ。それが、なんだってまた、よりにもよって、大晦日の今日に限って、眠くなってしまうの（……多分……無理に、張り切りすぎたせいだ……って……自分で判ってしまうのが、また、哀《かな》しい……）。

で。眠いのを我慢しながら「いくら何でも八時はない、それはあり得ない、それは酷《ひど》すぎる」って思っていたら……いきなり、お姉ちゃんに言われた。

「なごみ、もう、眠いんじゃないの？」

いや、そりゃ、その通りなんですけれど。でも、今、ここで、あたしが眠いってことを認めちゃったら、もうあたし、このままベッドに直行って話になってしまうのでは？

だから、あたしは、全力で、ぶんぶんぶんって首を横に振った。

「そんなこと、ないから」

「そう……なの？　でも、なごみ、本当に眠そう」

いや、本当に眠たかったんだよあたし。

でも、今年は。今年こそはがんばって、年越しのお蕎麦も食べるし、お参りにも行くんだあたし。

けど。

「この先、長いよ。……んーと……なごみはね、多分、年越し蕎麦食べて、氷川さまへのお参りにも一緒に行きたいって思っているんだろうと……」

「あら、そうなの？　なごみが食べたいのなら、年越し蕎麦、今、すぐに茹《ゆ》でましょうか？」

って、ママが言って、いや、ママ、それは違う。

あたしが食べたいのは、本当に年を越す、そんな〃年越し蕎麦〃だ。

あたしが食べたいからって、ママが特別に、夜の八時なんて時間に作ってくれるものじゃ、ない。

で、あたしは、ぶんぶんって首を振る。そして、そんなあたしに、お姉ちゃんは言う。

「氷川さまへのお参りは、二年参り、だよ？」

はい、その言葉、あたし判りません。

「んとね……二年参りっていうのは……今年が終わる時に、氷川さまにお参りして、来年の初めまで、お参りを続ける。だから、〃二年参り〃。年をまたいで、お参りするのね。……と、いうことはね、このお参り、そもそも、今年の十二時少し前から始まって、来年の午前零時をすぎるまで終わらない……そういうお参りだっていうことになるんだけれど。それに、氷川さまの二年参りって、けっこ凄《すご》いよ。〃ゆく年くる年〃が始まった頃、氷川さまに行くと、もう、凄い行列ができている訳。去年なんか、二年参りに行った私達が、実際にお参りできたのって、午前三時を越していたと思うの」

うわあ。

お姉ちゃんの、この台詞《せりふ》を聞いた瞬間、あたしの心は挫《くじ》けた。

うわあ、知らなかったなあ、こんなハードルがあったのか。

とにかくがんばって、今年が終わるまで起きていれば、それで〝年越し〟できるんだって思っていたんだけれど……こんな伏兵がいたのか。

氷川さまなんて、うちから徒歩二分くらいの処だから、十二時までがんばって起きていて、あとは二分がんばって神社に行って、それでおしまいって思っていたのに……そのあと、午前三時まで、並ばなきゃいけないって話になるの？で。

駄目だわあたし。無理だわあたし。眠っちまうわあたし。

それが判ったので……しょうがない、あたしは素直に自分の部屋へゆくことにした。

ううううう。まだ、八時ちょっとすぎなのに。いつもだったら絶対起きている時間なのに。

何だってまた……って思いながらも……あたしは、自分の部屋へゆき……そして、パジャマに着替える間も待てないって感じで、普段着のまま、自分のベッドへ倒れ込んでしまったのだ。

そして、そのまま。

多分、眠りこんでしまったのだろうと思う……。

☆

「……なごみ……なごみ……」

どこかから、とても聞き慣れた声が、聞こえてきた。

「ごめんねえ、あんた、今日は二年参りに初めて参加するつもりだったんだよねえ」

少しもごもごしている感じがある、ちょっと滑舌が悪い、このしゃべり方は……おばあちゃんだ！

それが判った瞬間、あたしは、飛び起きようとした。

ところが。

「悪いなあ、あんたの体は動かないよ」

実際そうだったので、あたしは驚く。いや、自分の体が動かないことに驚いたんじゃない、おばあちゃんが、あたしの体を動かないようにしている、という意味の発言をしたことに、驚いたんだ。

いや、だって。あり得ない。おばあちゃんが、あたしにとって不利だったりまずかったりすることを、やる訳がない。あたしが動きたいのに、あたしの体を動かさないようにしている、そんなこと、おばあちゃんがやる訳がない。なのに、現実は、そうなってる。

「ごめんねえ、なごみ。まず、事情説明をしたいと思ったんでねえ。……あんた、いつだって、何かあるとすっとんでいっちまう子だろ？　あんたにちゃんと最後まで事情説明を聞かせる為には、あんたの体を動けなくするのが、一番いいのかなって思ってね」

ああう。そう言われると……あたしも、納得するしかない、かな。

「で、最後まで、説明聞いてくれるかね」

「あたしが嫌だって言っても、おばあちゃんは最後まで説明する気なんでしょ？　でもって、それまであたしの体を動かないようにしているんだ」

おばあちゃんは死んでいる。その時のあたし、そういう事実を、客観的には知っていたんだけれど……でも、おばあちゃんの声が、あんまりいつものようだったから、あたしが知っているおばあちゃんのものだったから、だから、この状態を、不思議だとは思わなかった。なんか、納得してしまったのだ。んで、ついつい、ちょっと不服ですーって感じを盛り込んで、唇尖《とが》らせて、こんな台詞を言ってみる。

「ああ、ほんとに、なごみは、鉄砲玉の癖に、変な処落ち着いている子だよ。奈穂子《なほこ》さんやゆとりとは、反応がまったく違う子だしね」

ここで言われている奈穂子さんっていうのは、ママのことだ。ゆとりは、勿論、お姉ちゃん。

「おばあちゃん？」

勿論、あたしは、おばあちゃんのことが大好きだ。今でも、おばあちゃんがあたしに何か悪いことをするだなんてまったく思っていない。けれど、今、あたしの体が動かないのがおばあちゃんのせいならば、これはもう、絶対に許せない。

「あんたが今、わたしのことを許せないって思っていることは、わたしにも判るよ。だから、とにかく事情を説明しよう」

「うん。して。絶対に、して」

ここで。

おばあちゃんが、ちょっと息を吸い込む気配がして……そして、それから。

「うちの、ひいじいさまの話なんだがね。ああ、いや、あんたのおじいちゃん、つまりわたしの連れ合いや、あんたのひいおじいちゃんの話じゃ、ないよ。大体、あんたは自分のひいおじいちゃんに会ったことがないだろうが。わたしの父さまは、かなり早くに亡くなってしまったからね。だから、これは、わたしの、ひいじいさまの話だ」

おばあちゃんが、こう言って。あたし、目をきょときょと。

だって……えっと……おばあちゃんの、ひいおじいちゃん？

ちょっと待て、えっと、それは……どのくらい、前のひと、なの？

おばあちゃんのひいおじいさんってことは……えとえと、あたしからみて、五代前？

「わたしのひいじいさまが、うちの農園を作ったんだよ。わたしのばあさまも、わたしの母さまも、わたしも、婿《むこ》養子をとったからね、大和田家は、そもそも女系の一族だったんだ」

あ、それは、あたしも知ってる。パパは、大和田家で本当に久しぶりに生まれた跡継ぎの男子で、その時はそれを一族あげてお祝いしたのに、でも、あたしの代にはお姉ちゃんとあたししか生まれなかったから、男の子ができなかったから、「やっぱり大和田家は女系なんだ」って話になったたってことは。

「わたしが子供の頃、まだ、ひいじいさまは元気だった。いや、寝たきりだったんだけれど、わたしとおしゃべりができるくらいは、元気だった。そんでまあ、昔の話を、よく聞いたよ。ひいじいさまが花卉農園を始めたのは、ご維新のちょっとあとくらいだそうだ。そして、その当時、花卉農家っていうのは、あんまりなかったんだそうだ」

んとえと。ご維新って、なんだ。ひょっとして、〝ご維新〟って、明治維新のことなのか。そんな、歴史でしか習わないような言葉を、普通に遣《つか》って欲しくない。でも……そんな、歴史でしか習わないような言葉の時代に……おばあちゃんのひいおじいちゃんは……生きていた、のか。

「ひいじいさまがな、この地でお花を作ろうとした時、そりゃ、まわりの農家みんなに、莫迦《ばか》にされたそうなんだわ」

「……なの？　なんで？」

「農家はな、米を作ってこその農家だ。今のあんたには判らないだろうけれど、昔はな、野菜を専門に作っているだけで、米を作っている農家からは、いささか下に見られていたそうだ。ましてや、花卉なんて言ったらなあ、そもそも、食べられない、生活必需品ではない、贅沢《ぜいたく》ものでしかない」

「だから、需要があるんじゃない。だから、うちのチューリップなんてすっごいもてはやされているんじゃない」

「おお。今なら、な。けれど、わたしが子供だった頃にも、かなり莫迦にされていたぞ、うちの農園は。なら、ひいじいさまの時代に、花卉農家がどう思われていたのかは、考えるまでもない。それにまた……戦時中なんかは……〝食べられないもの〟を作っている農家は、なあ。うちも、あの頃は花卉をやめて、芋やかぼちゃを作ったんだが……農家なのに米がないっていうのは、なかなか辛《つら》いものがあったんだよ」

ここで、おばあちゃん、一回こほんって咳《せき》払い。そしてそれから。

「まあ、そういう話はおいておくとして。最初に。この地で、農園を作るに際して……ひいじいさまは、土地神様に、お願いをしたんだ」

……って、はい？

「わたしが、毎日、うちの農園の奥にある祠《ほこら》に、お水を供えていたの……なごみは知っているよね？」

うん。知っている。よく知っている。あたしも、時々、おばあちゃんと一緒に、奥の祠に水持って行ってた。

「あれは、うちのひいじいさまが、土地神様と交わした約束だ。〝毎日お参りを致します、ですので、どうか、この地でわたしに花を作らせてください〟。ひいじいさまは、土地神様に、そうお願いしたんだそうだ。わたしは、ひいじいさまから、直接、その話を聞いていた。だから、土地神様に、ずっと、ずっと、約束を果たしていた。毎日、祠にお参りして、お水を捧《ささ》げていたんだ」

……あの日課。確かにおばあちゃんは、風邪ひいて熱が三十八度あろうとも、足挫いて歩くのがとても辛くても、絶対にあれだけはやっていて（おばあちゃんが足挫いた時、おばあちゃんをエスコートしたのがあたしだったんだ。だから、あたしは、おばあちゃんがお参りをしているのをよく知っていたし、おばあちゃんの足が治ったあとも、時々、それに付き合っていた）……でも、パパもママも、あれ、おばあちゃんの趣味だって思っていた……風情《ふぜい》が、あった、なあ。

「わたしもね、こんなにすぐに死ぬ気はなかったんだ」

いや、死ぬ気があって死ぬひとって、そもそもあんまりいないような気がするんだが。

「自分が死ぬ前に、成章《なりあき》（パパだ）か、奈穂子さんに、土地神様のことを言っておくつもりだったんだが……まさか、心筋梗塞とかってもので、発作が起こったと思った瞬間に死んでしまうとは、想像だにしていなかった。まさか、何も言い残す時間がないとは思わなかった」

いや、それはそうでしょう。

「結果として……祠に、お参りをしてくれているひとは、今、誰もいないだろう？」

うん。確かに。いない。いや、それだけじゃなくて。

「もっとまずいことに……祠を、壊す方向に、進んでいる話がある」

はい、それはそのとおり。

この祠がある処を更地にして、そこに新たなお花を植える計画が……確かに、進んでいるんだ、今。そんな話を、パパとママはずっとしていた。

「さすがに。これは、まずい」

「……って……お参りをしなくて、祠を壊してしまったら、土地神様が……祟《たた》る、の？」

「いや、祟らない。なごみ、おまえはなあ、神様を何だと思ってる」

……って……いや、〝何〟だとも思っていない、そもそも〝神様〟なんて信じていないっていうのが……えっと……あたしの正直な気持ちなんだけれど……でも、それ言っちゃまずいかなあ。

「神様はな、もっと、ずっと大きなものだ。自分に対する約束が裏切られたって、それで祟ったりはしない、そんなの笑って許してくださる。……だが、なあ。……約束した、わたしの方がね、我慢できない気持ちになるんだなあ。いや、わたしが約束した訳ではないんだが、約束した、ひいじいさまが、あの世できっと、いてもたってもいられない気持ちになっている、そんなことは、判る」

あ。

それは、なんだか、ちょっと判るような気がする。

「神様にお願いをして、それでうちの農園は繁栄した。それが判っているのに……なのに、神様との約束をなしにしてしまう、それは、わたしには、できかねる」

うん。その気持ちは、判る。その気持ちは百パーセント、納得できるんだな、あたし。

「それは、自分が、卑怯者《ひきょうもの》になってしまうっていう話、だよね？」

自分が約束を破っても、神様は怒らない。神様は、そういうことでは、祟りなんか発生させない。それが判っていて……それで、それを見越して、約束を破ってしまうのは……卑怯者だ。

「そのとおり」

ただ。とは言うものの。

はい、さて、これは、一体全体、何をどうすりゃいいんでしょうか。

「わたしにしてみれば、農園の拡張計画はなしにして欲しい（この拡張計画で、土地神様の祠が潰《つぶ》されてしまうから）、だが、それは、無理だろう？」

んー……無理、だと、思う。パパとママは絶対これをやると思う。

「それに、こんな拡張計画をしつつ、それでもお参りをしても意味はないと思うし……大体、成章も奈穂子さんも、絶対に、お参りをしてくれないと思う」

確かに。それは、そのとおり。だって、パパもママも、神様のことなんか、信じていないもん。

「わたしの、神様へのお参りに、付き合ってくれていたのは、なごみ、だけなんだ」

ですねえ、それは確かに。

ただ。これは一体、この先、何をどうすればいいのか、まったく判らない問題なんであって……。

きょとん。それから、くるん。

あたしが目を動かしていると、おばあちゃん、大きなため息を一回ついて。

こほん、って、大きく咳払いをして、そしてそれから、くふんって、一回、唾《つば》を呑《の》み込む。一回、唾を呑み込んでから、もう一回、おばあちゃん、咳払い。

「だから、なごみ、何とかしてくれないかねえ」

って、何を、どうして、どうやって？　一体あたしは何を期待されているの？

「只今《ただいま》起きている問題の解決を、わたしはなごみに任せたいんだが……いかがなものなんだろうか？」

☆

もの凄く。

無理なことを言われているって思ったし、実際、無理なことを言われていたんだあたし。

いや、だって、そもそもの要求って、何なの？

☆

パパとママが土地神様にお参りをしないことは、おばあちゃんだって判っている、それに、拡張計画を実行にうつし、にもかかわらず形式だけお参りしたって、そんな

〝お参り〟には何の意味もない、それだっておばあちゃんは判っている、だから、おばあちゃんがあたしに要求していることは、〝お参り〟をしてくれ、じゃ、ない筈《はず》だ。

じゃあ、土地神様の祠を保つ為に、農園の拡張計画をやめてくれってものなのかと言えば……これは、も、ありえない。そういうことを要求したいのなら、おばあちゃん、パパとママの夢枕《ゆめまくら》に立つべきなんだし、あたしにそんなこと言ってもしょうがないことは、も、自明でしょ？

と、すると。

選んで、あたしの処に来たからには、おばあちゃんには何か他の思いがあったんだろう。……でも、それが一体全体何なんだかが、今のあたしには判らない。

だから、あたしは聞こうと思った。おばあちゃんに。

おばあちゃん。一体、あたしに、何を、頼みたいの？って。

でも。ここで。

ザザザザザっ。

なんか変な音がした。

あたしとおばあちゃんとの通信を、わざと妨害しているんじゃないか、そんなことを思わせる、音が。

「だから、お願いしたい。……ザザザザっ……。なごみは最後のお参りをして……ザザザザ」

ああ、おばあちゃん、何か言っている。何か言っているのに、なのにそれが、あたしにはよく聞こえない。

ザザザザっ。

「土地神様に、この球根を……ザザザザ……最後のお参りを……ザザザザ……そうしたら、それさえすれば……ザザザザ……」

「おばあちゃん！　聞こえないんだけれど、あたしっ！」

「それさえしてもらえたら……ザザザザっ」

ああ、もうっ！　この音は、絶対、わざとだ。だって、肝心な処に限って聞こえないんだもん。何かがわざと、あたしとおばあちゃんとの通信を妨害している。

ああ、もう、聞こえない、苛々《いらいら》する、ほんと、もう、何が何だか判らないでいるうちに……ふっと、あたしは、気がつく。

あ、あたしの体。

もう、自由に動けるようになっている。いつの間にか。で。

自由に動けるようになったあたしが、起き上がると……ふええ。

目の前に、路《みち》が、あったのだ。

いや、あたし、自分の家の自分の部屋の自分のベッドから起きたんだよ。

だから、こんなもん、あっちゃおかしいのに。

でも、ある、路。

何故《なぜ》かあたりは真っ暗で。自分の部屋のベッドにいた筈なのに、なんでだかあたしが起きるとあたりは真っ暗で。

でも。

ほたるぶくろ。

って、言うのが、正しいのかな？

とにかく、そんな植物が、一定の間隔をおいて、ずっと、ずっと、立っていた。

そして、その〝ほたるぶくろ〟の中には、本当に蛍がいたのかなあ、それは判らないんだけれど。ただ、ぼおっと、〝ほたるぶくろ〟の中に、灯《とも》っているあかりがある。

ずっとずっと先まで、とにかく〝ほたるぶくろ〟が一メートル半くらいをおいて、続いている、だから、そこが〝路〟だって判る。そういう奴が、ずっとずっと続いていて……。

しかも。

あたしの机の上には、おばあちゃんの湯飲みがあった。さっきまでは、そんなもの、絶対になかったのに。

いつもおばあちゃんが遣っていた、湯飲み。あたしがいつも、おばあちゃんにお茶をいれていた、湯飲み。

その湯飲みの中には、四分の三くらい、水がはいっている。

そして、その隣には、今まで見たこともないような見事な球根がひとつ、乗っていた。

うん、あたしだって、花卉農家の娘だ、そして、うちは、球根からお花を育てている農家だ（勿論他のお花だって作っているけれど、主要なお花としてチューリップを沢山《たくさん》作っている農家だ）、だから知っている。きれいなチューリップが咲くかどうかは、勿論、日々の手入れや日々のお世話も大切なんだけれど、まず、球根がちゃんとしていること。よい球根からは、よい花が咲く。言い換えれば、球根が傷《いた》んでいたり、握ってみるとふかふかだったり、変な形をしていたら、それは、駄目だ。いいお花は咲かない。

で……そんなあたしの目から見ても。

今までに一回も見たことがないような、見事な、綺麗な、球根が。

湯飲みと球根と続くほたるぶくろの路。

こうなると。

多分返事はないだろうって、心のどこかで思ってはいたんだけれど、それでも、声に出してこう言ってみない訳にはいかない。

「おばあちゃん、あたし……このお水と球根を持って、そんでもって、この路、進んで、いいの?」

返事はない。

でも、風が、ぴゅうって吹いた。

あたしは、この路を進むしかないって、この瞬間、思った。

☆

最初は、おずおずと。

あたしは、立ち上がる。

ほんっと、変だよな、だってここ、あたしの部屋でしょ？　ベッドがあるとしたら（って、あたしはベッドに寝ていたんだから）、そこから立ち上がって横を見たら、そこにはあたしの机がある筈。なのに……今、それは、ない。というか、見えない。机の上にあったおばあちゃんの湯飲みと球根、それを手に持った瞬間、いきなり机もベッドも、消えてしまったのだ。いや、というか、暗くて見えないだけ、なのかな？　あたしに見えるのは、ほんとに微《かす》かな、ほたるぶくろの中の灯だけで……そして、その灯は、部屋の構造無視して、ま東の方に向いている。あたしの部屋の、あたしのベッドから見て、ま東。そっちの方に進むと……んとえと、あたしの部屋は二階だから……それやっちゃうと、間違いなくあたしは、ほんの数歩で窓に激突して、それでも進んだなら、窓突き破って、二階から落下する筈なのに……なのに、そっちにだけ、続いているんだよね、ほたるぶくろの路。

だから。

しょうがない、あたしは、歩いていった。ほたるぶくろの灯の中の路を。

☆

暗かった。

でも、きれい。

ほたるぶくろって、ひとつの茎に、三つも四つもお花がついているじゃない、紫色のそれが、ぽわって光っていて。光っているお花の数が多いと、なんとなく、柔らかな光の輪ができる。

足元は、実はよく見えないんだけれど、今までの処《ところ》、路にはとりたてて凹凸はなかった。だから、足元が見えなくても、ぽわっとしている、ほたるぶくろの光の輪だけを見て、あたしは歩き続けることができた。

そんな状況で。

あたしは……もう、十分、二十分、三十分、この路を歩いていた。

そしたら……なんか、段々……変、に、なってきたんだよね。

あららら。

なんか、灯が暗い。暗くなってきた。

光の輪が、どんどん、心細くなってくる。

歩くごとに、あたりは暗くなり……え、なんだろう、あたし、歩くの遅すぎた？ だから、ほたるぶくろの花の中にいる蛍が弱ってきて、それで暗くなっているのか、このほたるぶくろの路。

いや。話は、多分、違う。

ほたるぶくろの路が、暗くなったのではない。ほたるぶくろの路が……なんか、枯れそう、なのだ。この〝路〟を構成している、〝ほたるぶくろ〟という植物、それ自体が、なんだか枯れそうになっていたのだ。

うん。

歩いて。

歩いてゆくと、やがて、あたしにも本当に判《わか》る。

枯れそうだわ、この〝ほたるぶくろ〟。と、いうか、処々、本当に枯れちまっているわ、この〝ほたるぶくろ〟。

え、何で……？ 何でいきなり、ほたるぶくろが枯れちゃうの？

と、その、瞬間。

あたしには、声が、聞こえた。聞こえてきてしまったのだ。

「もう……駄目……なの……」

「お水、ください」

「お水、お水……」

あ。

これ、今にも死にそうな、〝ほたるぶくろ〟達の声なのかなあ。

そして、そう思った瞬間、あたしは、もの凄く動揺する。

だって。今までは、よく見えなかったし、凹凸がなかったから気にしていなかった、あたしが歩いている路なんだけれど。よくよく見れば、この路には、細かい罅《ひび》がはいっている。

罅？

何だってまた、路に罅がはいるのよ。

答は簡単。地面が渇ききっているのだ。

あまりに地面が渇ききっていて、ついに、地面は、ひび割れてしまう。今、ほたるぶくろ達がいる路は、そんな状況になっていたのだ。

渇ききって、ひび割れている。

駄目だ。

こんな土は、駄目だ。

うん、あたし、農家の娘だもん。だから知ってるもん。こんな土は、駄目だ。ただ、水が少ないだけじゃない、何か、色が悪いし、絶対地味《ちみ》悪そうだし、こんな土、こんな土、農作物の揺り籠《かご》として、許せるものじゃ、ない。

ううん、話はもっと酷いや。

学校の花壇の土だって、時々遊びに行く友達の家のベランダにあるプランターだって、こんなに乾いている土はない。ひび割れて、風が吹いたら、そのまま凄い勢いで土埃《つちぼこり》がたちそうな地面。こんなの、普通の家のお庭だって、許せない土だ。まして、農家の〝土〟としては、あり得ないっ。

そうだよ。おばあちゃんも、パパもママも、農家のひとは、もっとずっと土を大切にしている。

勿論、何があってもこんな処まで〝土〟を乾かさないっていうのは、最低必要条件だよ、でも、それを満たした上で、更に。

農家の土っていうのは、作物の揺り籠だ。作物によっては、水が少ない方がいいとか、できるだけ水をあげないようにする、とか、そういうものもあるんだけれどね、でも、農家の作る〝土〟には、どんなに乾いていても、もっとずっと愛があるの。もっとずっと、ふかふかで、優しくて、愛があるのが、農家の土。

たとえどんなに乾いたって、水がなくたって、こんな情けない色になって、地味悪そうで、土埃がたつような土なんて……こんなの、農家の土じゃ、ないっ！　少なくともうちの農園の土には、もっとずっと、愛がある。チューリップを、他のお花さんを、優しく包んで大事に育《はぐく》む、そんな土を、パパもママも作っているんだ。

なのに、このほたるぶくろ達は、そんな、ちゃんとした〝土〟に、生えていない。

しかもその上、この子達、喉《のど》が渇いて（って、植物には喉はないけど、気持ち、判って欲しい。「根っこが渇いて」なんて言っても、〝喉が渇いた〟切実な気分って、絶対人間には伝わらないよねー）、喉が渇いて、もうどうしようもない状態になっている。

だって、鏽がはいっている土なんだもん、こんなの、ありえない土なんだもん。

けど。とはいうものの。

だからって、これ、どうすればいいの？

「もう駄目……」

「お水、ください」

「お水……お水……」

「死にそう……死にます、わたし、死にます……」

聞こえてくる声は、〝ほたるぶくろ〟達のもの、なんだろう、なあ。

ほたるぶくろ。

……このひと達は、〝路《みち》〟だ。

あたしに、〝ゆくえ〟を指し示してくれる、〝路〟。

あたしは。

おばあちゃんに言われて、あたしは、〝何が何だかよく判らないことをする為《ため》〟に、この〝路〟を通ることにした。そもそも、何を期待されているんだかまったく判らないから、何をすればいいのかこれまたまったく判らないんだけれど……でも、〝何か〟を、しなければいけない。判らないけれど、しなければいけない。

なのに。

「……辛くて……もう……駄目……」

「お水、ください」

「お水……お水……」

繰り返し、聞こえてくる言葉。

……お水……お水……。

あたしは、何をすればいいのかが、まったく判っていない。それより前に、こっちの方がもっとずっと問題なんだけれど……あたしは、〝何をしてはいけないのか〟、それが、まったく、判っていない。

なので……この懇請に……あたしは……負けた。

だって。

「お水ください」って言っているお花達がいて、そして、あたしは、お水を持っていたんだもん。おばあちゃんの湯飲みの中にはいっているお水、これをあたしは保持していたんだもん。

目の前に、枯れそうなお花があって、そのお花から、「お水、ください」って言われて、そのお花がいる地面が、風が吹くと土埃がたつような状態になっていて……それでも、そのお花に水を注がない選択って……そもそも、あるのか？

ない。絶対に、ない。

しょうがないから、あたしは。

目の前の、ほたるぶくろが生えている地面に、水を注いだ。

☆

おばあちゃんの湯飲みの中のお水。

たいした量じゃないから、このお水だけで、このほたるぶくろが欲しがっている水の量に達するのか、それはまったく判らなかったんだけれど。それに大体、他のほたるぶくろはどうすんのよあたし。この子にだけお水をあげて、他のほたるぶくろは放っておくのか？　でも、とりあえず……今、死にそうな、この子に、お水を。

このお水で、この子が助かるといいな、心から、そう思って。

他の死にそうなほたるぶくろのことは、後で考えようって思って。

そうしたら。

「ヘイヘイ、お水、注ぎやがったぜこいつ」

いきなり聞こえてきたのは、なんだか〝黒い〟声。〝黒い〟としか言いようがない、とっても変な声。

「神様の為のお水を、こいつ、注ぎやがったんだ、その辺の草花の為に」

それに呼応するように。やはり、黒い声が聞こえてくる。

「あり得ない。うっひょー、あり得ない」

「で、肝心の神様のお水は、からになっちまったんだぜ」

こいつら誰なの？　まず、あたしはそう思ったのだが……それはさておき、確かにあたしが持っている、おばあちゃんの湯飲みは……ほたるぶくろに水を注いだ処で、からになってしまっていて……。

い、いけなかったのか、まずかったのか、あたし、判断を間違ったのか？

球根と、お水を持って、それで進めって言われていた筈のあたしが（いや、そんなこと、言われてはいないんだけれど。けど、いきなりあたりが暗くなって、世界が消滅して、湯飲みと球根だけがあって、そこに路があったら、そう解釈するしかないと思わない？）、肝心の、〝何だか判らないこと〟をする前に、路を構成しているお花にお水をあげてしまった段階で……も、あたしのミッションは、駄目になってしまったのか？

「この先、試練があるっていうのに。その試練を突破する為に必要なお水を、こいつ、その辺のどーでもいい草花相手に蕩尽《とうじん》しちまったんだ」

「うっひょー。つーことは、こいつ、このあとがほんとに大変なんだよな。……ま、失敗？　失敗するに決まってる？」

な……何、言われているんだろう。いや、言われていることの意味は判る、でも、そんなの、納得したくない。

そんなの、絶対駄目だって思っている。

だって。

だって！

心から言う。そんなの、変、だ。

あたしが、お水を、持っていて。

お水を心から欲しがっているお花がいて。

なのに、あたしが、そのお花に、お水をあげない。

あり得ない。いや、それだけは、あり得ない。絶対に、あり得ない。

それに。

もっと、ふつふつと、許せない気持ちが、沸き上がってきたのだ。

いや、だって、「その辺のどーでもいい草花相手に蕩尽」って、それ、何よっ！

世の中には、「その辺のどーでもいい草花」なんて、ないっ！　勿論《もちろん》、あたしは農家の娘だから、「うちの農園の植物」と、「他の植物」には、差異があることは知っている。あたしにとって、うちにとって、大切なのは、うちの植物だ。けど……でも……

「その辺のどーでもいい草花」なんて言葉は、それだけは、絶対に、違うって言い切っていいと思う。

だから。

「それは違うっ！」

だから、あたし、こう叫んだ。

「あたしはね、いつだって、お水をあげるよ。お水欲しがっている植物さんがいたら、絶対にお水あげるよっ」

でも、心のどっかが、思ってもいた。

この子にだけ、お水をあげて、自己満足して……他の子は、どうするのって。今までの道筋にいた、他のほたるぶくろはどうするのって。

うん、ほたるぶくろの路、どんどん暗くなってきたんだよね、ということは、他のほたるぶくろ達も、きっと、この子程ではないにせよ、水がなくて困っているのに違いない。この子だけ選んで、他の子にお水をあげない、そんな理由は、ない。

それは確かにそのとおり。

でも。あたしには、他に、どうしようもない。どの子を選んでお水をあげるのかは、それこそ偶然とか成り行きで、あたしはある意味ほんとの偽善者で、自分でできることだけやって、それで〝ちゃんとやるべきことをやった〟って思っていて……でも。

心から、どうしようもない。

そんなことを思った。

うん、他に、どうしようもない。

そして。そう思ったら。その瞬間。

あたりに、ぱあっと光がさしたのだ。

☆

黒い声達は、どこかに行ってしまった。

そして。

「ありがとう」

「ありがとう」

「ありがとう」

いきなり感謝の言葉があたりにあふれ返って……そして、おばあちゃんの湯飲みには、また、水が満々とあふれ返っていたのだ。

「……え？」

水は、ある。それに……どうもこのお水、あたりの植物にあげているだけでは、減らない感じ。

「ありがとう。あなたの心ばえに感謝致します。本当にありがとう。そして……お水、ください」

「お水ください」

「お水ください」

「私にもお水」

……え？　あの？　えと？

あたし、ひょっとして、正しいことをしたのかなあ。おばあちゃんが言っている（っていうか、基本的に大切な処はまったく聞こえなかったんだが）、土地神様へのお参り、その、本当に大切な処だけは、クリア、できたのかなあ。

ちょっと、そう思っちゃったもんで。

だから、お水くださいっていう言葉に導かれるまま、あたしは、路を、逆行した。

（ほたるぶくろの路は、随分前から弱っていたのだ。随分前から、お水がなかったのだ。だから、あたしはお水をほたるぶくろにあげながら、路をうんと逆行したのだ。）

んで。

お水くださいって言っている、最後の（というか、あたしに路を示してくれた最初の）ほたるぶくろの処へ行って、そのほたるぶくろの根元にお水をあげた処で。

「ありがとうございます」

言われて、あたしは、満足した。ああ、なんか、達成感。もし、これがゲームなら、これで、絶対、第一段階クリアだよね？

でも、次の瞬間。

「本当にどうもありがとうございました」

こう言って、ほたるぶくろ達が……いきなり、整列を、しだしたので……驚いた。あの路の、先の方から、根っこひっこ抜いて、とことことことこほたるぶくろ達が歩いてくる。

え、え、ええ？

ほたるぶくろ。

えっと、何やってんの、ほたるぶくろ。

あんたは植物だろ？　そもそも動いちゃいけない存在なんだろ？

なのに、歩いてくる。とことこ、歩いてくる。いや、〝とことこ〟っていう言葉は、なんか、違うかも。

〝うんしょ、うんしょ〟歩いてくる。

うん、地面から複数ある根っこの一本をひっこ抜いて、無理矢理茎と花でバランスをとって、その根っこを前に出して、そこに体重かけて、その根っこを地面に突き刺す。その根っこの上に乗っかる。そしてそれが安定した処で、また、別の根っこを抜いて、そして前へって……〝とことこ〟じゃなくて、まさに、〝うんしょ、うんしょ〟。

無理に無理を重ねてますっていう風情で、ほんっとに、精一杯の努力をしながら、ほたるぶくろ達が、歩いてくる。

これにはかなりの時間がかかったんだけれど……ほたるぶくろ達の、あまりと言えばあまりの努力に、も、何も言えなくなったあたしは、ただ、これを、黙って見ていた。

そして。

ほたるぶくろ達は。

歩いて、歩いて、どんどん、あたしの前の方へやってくる。

そして。あたしの前で。

もの凄《すご》い数のほたるぶくろ達が、綺麗《きれい》な団体になって整列すると、一斉に頭（というか、花）を、下げたのだ。茎を曲げて。

おい、待てっ！　ほたるぶくろっ！　あんた、草、だろ？　茎の処で体曲げちゃうと、そっから折れちゃうんじゃないのか？　大丈夫なんか、あんたっ！

でも。こんなあたしの思いを知らぬげに。

ほたるぶくろ達は、一斉に言ったのだ。

「どうもありがとうございましたっ」

「あ、いえ……どういたしまして」

な、なんなんだこれ、なんなんだ一体。

って、あたしが、なんか呆然《ぼうぜん》としているうちに、一回礼をしたほたるぶくろ達は、三々五々、散っていってしまって……って……えっと……えええ？

気がつくとあたしは、一人、その場に取り残されていた。

あたりは真っ暗。うん、照明をやってくれていたほたるぶくろ達が、全員、纏《まと》まっていなくなってしまったからね、あたりは、本当に、真っ暗。

でもってあたしは、ほぼ、スタート時点の位置にいた。

え、え、あの？

あの、えっと？

何がどうしてどうなったんでしょうか。この後、あたし、どーすりゃいーのっ！

☆

この件が始まってから今まで。ほぼ、二、三十分かけて進んだ道のりを、あたし、ほたるぶくろにお水をあげる為に、その倍くらいの時間をかけて、帰ってきてしまった。だから、今、あたしがいるのは、ほぼ、スタート地点。しかも、スタート時からは、すでに一時間半くらい、たっている。

で、あたりは真っ暗。

あの。これ、どうしたらいいの？

って、あたしが、混乱していたら。

いきなりまた、〝黒い声〟が聞こえてきたのだ。

「うっひょおっ。真っ暗だぜ」

いや、本当に真っ暗なんだよな。

「お水は何とかなったらしいけど、今度は世界が真っ暗だよな」

「へイへイ、真っ暗だぜー。もう、行き先なんかまったく判らないぜー」

……そのとおりなんで。も、あたし、どうしていいのか判らない。それに大体、あんた達、誰よ？　というか、何よ？

そんなあたしの疑問をまったく知らぬげに、こいつらは話を進める。

「こいつはさあ、多分、このあと、適当な方向へ歩くと思うぜ」

「ま、他にしようがないからなあ」

確かに、そのとおり。あたしは、暗闇《くらやみ》の中、適当な方向へ歩いてゆこうと思っていた。

「先刻、二、三十分、歩いた処で、引き返してきたからなー、三十分も逆側に歩けば、違う局面に出くわすことができるって、希望的な観測、抱いてるんじゃねえの？」

いや、実際、あたしはそう思っていた。

「ヘイヘイヘイ、ありえねーぜー。大体、どっちから来たのか、こいつほんとに把握してんのかー？」

把握している訳がない。そして。

「今来た路を逆に辿《たど》ろうと思って、全然違う方向へいっちまう」

「ヘイヘイヘイ、ありがちー」

あ……ありがち、なのかあ。

しかも。

「その前に、この世界は、そんなに甘くねーぜー。最初、東へすすんだ筈だから、戻ってきた路は、西。なら、今度もまた東へ進めば、最初にほたるぶくろにお水をあげた処へ帰れる……こいつ、そんなこと、思っているぜいっ！」

「ヘイっ！　そんなこと、思ってるのかい、こいつはっ！」

いや、思っていたんだけどね、あたしは。と、いうか、他に考えようがないでしょ？

「うっわー、うわっ、あり得ねー」

「ヘイヘイヘイ、あり得ないだろ、それ」

「人生、そんなに甘い訳がないだろー、それじゃ、まったく、普通の世界じゃねーか」

……え。……ってことは……つまり、ここ、判っていたけど、やっぱり、普通の世界ではないってことで……。

「ヘイヘイヘイ、この世界が、そんなに甘いもんだなんて、思って欲しくはないよな」

あ……甘く、ないのか。

かといって。他にどうしたらいいのかが……まったく、判らない。

☆

だから。

しょうがない、あたしは、地に這《は》いつくばった。

これをやるなら。

少なくとも。あたしが、さっきまで、ほたるぶくろの路案内があった時に、実際にどこへ行ったか、それは、それだけは、判る……と、思う。

うん、ほたるぶくろの路を逆行するように、あたしは、ほたるぶくろの路に、お水をあげていたんだ。

と、いうことは。

この、土が乾いていて、風が吹くと土埃が舞うような、こんな世界で、濡《ぬ》れているのが、いや、〝濡れている〟とまでは言わなくても、多少なりとも〝しっとりしている〟、土埃がたたない、そんな地面が、あたしが〝お水〟をあげた土地。這いつくばって、地面をゆっくり撫《な》ぜてゆけば、それは、判る。あたしがあげたお水の痕跡《こんせき》は、判る。そして、それを辿ってゆけば、少なくとも、あたしが最初にほたるぶくろにお水をあげた、その場所までは、あたし、辿りつける筈（その場所は、多分、一番沢山のお水を含んでいる筈だ）。

地面に、触る。

からから。

なら、違う。

地面に、触る。

ちょっと、しっとり。

じゃ、ここ？　濡れている？　濡れているのか？　なら、きっと、これが正しい道筋。

そこであたしは、濡れているような気がする道筋を、這いつくばりながら、探す。

そんなことを、繰り返す。

あの時。ほたるぶくろの路は、確か、ま東を向いていた。ということは、あたしはとにかく、ま東に進めばいい筈。

とにかくあたしは、ま東に進めばいい筈。

けれど。この世界では、どっちが東なんだか、あたしにはまったく判らなくって……だから、しょうがない、あたしは、地面に這いつくばって、地面の手触りを確かめながら、少しずつ、少しずつ、先刻までさっさかさっさか歩いていた筈の路を、ずりずり、ずりずり、確認しながら、這いずっていった。

そして。そんなことをやっていたら。

いつの間にか、あたし、涙ぐんでいた。

自分がやってることが……なんか、あんまり、情けないような気がしてきて。

いや、だって、情けなく、ない？

あたし、何やってんの。

こんな処で、這いずって、必死になって、手だけで濡れている土の痕跡を辿っている。

これ、情けないとしか言いようがないじゃない？

いや、その前に。

ほたるぶくろ、酷《ひど》く、ない？

あたしがお水をあげたのに。それで助かった筈なのに。なのに、みんなしていなくなっちゃうだなんて、みんなしてどっか行っちゃうだなんて、〝道案内〟っていう仕事を放棄しちゃうだなんて、そんなの、あり、なの？

ない、と、思う。

一回そう思ってしまうと……その思いは、あたしの心の中で、どんどん、どんどん、大きなものになっていった。

うん、酷いよほたるぶくろ。あたしが助けてあげたのに。なのに、あたしのことを無視して、解散しちゃった。あたしを案内するのがほたるぶくろの仕事の筈《はず》なのに、自分が助かったら、肝心のあたしのこと無視して、みんなしてどっかへ行っちゃった。

「ヘイヘイヘイ、やっと判ったのかい」

と、また。黒い声が、聞こえてきた。

「世界は酷い奴《やつ》らで充満しているんだぜー」

「世界には、酷い奴らしかいないんだぜー」

「ほたるぶくろ、恩知らずにも程があるぜー」

ヘイヘイヘイヘイ、その言葉には、何か音律ってものがあり、耳に聞こえて気持ちがよかったので……一瞬、あたしは、その言葉に頷《うなず》きそうな気分になる。

「あいつら、自分の分ってものを弁《わきま》えずに」

「恩ってものを知らねーよなー」

「ヘイヘイヘイヘイ、恩知らずだぜー」

だが。この時。

何がひっかかったんだろうか。

でも、何かが、ひっかかった。

うん。ほたるぶくろの、最後の、態度だ。だからあたしは。

「そんなことないもん！」

こう、主張することが、できた。

「ほたるぶくろ、ちゃんとあたしにお礼を言って、解散した！」

そうなのだ。

考えてみれば、ほたるぶくろは、恩知らずのことなんか、何ひとつしていない。

あたしが、ほたるぶくろにお水をあげて、そして、ほたるぶくろ達は、それにお礼を言って（それも、わざわざ、ほたるぶくろ本来の能力を考えると、すんごい無理矢理整列して、それでお礼を言ってくれたのだ）、そして、解散したのだ。

この状況を……〝ほたるぶくろが恩知らず〟だなんて、言ってはいけないような気がする。

と、いうか。

ほたるぶくろ、間違いなく、恩知らずではないよね？

むしろ、あたしの方が、ほたるぶくろに対して、過大な要求をしているんだと思う。

うん。

泣いているのは、あたしの勝手だ。

地面を這いずっているんだって、あたしの勝手だと思う。

おばあちゃんは、あたしに、「何をしろ」とも言わなかった（だからあたしが困っているんだが）。

あたしが勝手に、ほたるぶくろの路を歩こうと思って、歩いて、途中お水をあげて……。

そんなあたしに対して、ほたるぶくろは、何をしてくれたか。

地面に定着している植物としては、絶対ありえないのに、ひたすらがんばって、地面から根っこを抜いて、そして整列してくれて……あたしに、お辞儀を、したんだよね。

あれは、間違いなく、ほたるぶくろの、最大限の感謝の意志表示だったと思う。

ほたるぶくろは、あたしに対する最大限の感謝として、全員集合、そして、あたしに頭を下げるってことを、やってくれたのだ。

そして。あたしに対する感謝の意を示し終えたら、ほたるぶくろが解散する。これは当然の帰結だ。

ああ。一体あたしは、何を思っていたんだろう。何で泣いているんだろう。

地面を這いずっていることが、口惜《くや》しく、情けなかった。でも、それ、変。

這いずることにより、正しい路が判るのなら、これはもう、絶対に、口惜しいことでも情けないことでもない。当然のことなのだ。

ほたるぶくろがやったことは、恩知らずでも何でもない、むしろ最大限の感謝。こう、自分で納得ができてしまったら、その瞬間、あたし、なんかいきなり気が抜けちゃって……ごろんって地面の上に転がってみる。

あたしが転がると、ばささって、土埃がたった。でもね、その、土埃のたち方がね。先刻までの奴よりはね、なんか、ちょっと、優しくて柔らかな気配になっているっていうのは……うーん、気のせい、なんでしょうかね。

あたしの体の下にある地面は、あいかわらずからっからに乾いていたんだけれど、えへ、勝手かなあ、あたしがお水をあげた分だけ、なんか、ちょっと、潤《うるお》いっていうものがある、愛ある地面になっている気配。なんて、うふっ、手前味噌《てまえみそ》もいいとこだ。

なんて思って、ふっと笑ってみたら……すると……あ。

あたしは、やっと、気がついた。上を見たら。したら、判った。あら、あたり……真っ暗って訳じゃ、ないんだ。真の闇では、ないんだ。

月あかりがある。そして、星あかりも。

もの凄く弱くて、太陽のあかりに較《くら》べると、ほんとにほんっとに弱いものではあるんだけれど、それでも、月あかりが、ある。もっとずっと微かだけれど、確かに、星あかりも、ある。

暗い世界でずっとずっと下向いて這いずっていたせいなのかなあ、あたしの目には、この月あかりと星あかりが、とても明るく見えた。とんでもなくありがたいものに思えた。

うん、だって、見えるもの。月あかりと星あかりに照らされて、あたりがぼんやりと見えて……そうしたら、判った。

あ、ここが、路。

先刻、あたしがほたるぶくろにお水をあげる為にUターンした路、その、最初が、あそこだ。多分、一番沢山《たくさん》お水をあげたから、他の処とちょっと地面の色の感じが違う。

だから、あたしは、立ち上がると、まず、そこまで走ってゆく。走って行って……。

そして、それから。

はたっと悩んでしまう。

んと、えっと、あたし、この先、どうすりゃいいんでしょうかね？

これは、あたしがほたるぶくろ達にお水をあげてしまった為に、よく判らなくなった、そんな、ほたるぶくろの路の、終点だ。

いや。

実は、ほたるぶくろの路、もっとずっと続いていた可能性はある。けれど、あたしが、それを断ち切ってしまった。ほたるぶくろ達に、お水をあげてしまったから。

ほたるぶくろの路は、もう、ない。

と、いうことは、あたしが、この先、どうすればいいのか、まったく判らないっていうことだ。

この先のことが、まったく判らない。

そう思った瞬間、不安があたしの心の中に満ちてくる。

あたしは、手の中の球根を、抱きしめる。

うん、球根。

今となっては。

これが。これだけが、あたしと〝世界〟を繋《つな》いでいてくれるもの、だよね。

あたしの手の中の球根。

ちょっと暖かいイメージ。

勿論、球根に体温なんてない筈なんだけれど、温度なんてないに決まっているんだけれど、でも、何故《なぜ》か感じることができる、そんなあたしの手の中の球根の温度だけが、あたしのことを、現実世界に繋ぎ止めていてくれる。

そう思って。

もう、どうしていいのか判らない闇の中、月と星だけが見える、それっぽっちのあかりしかない、そんな闇の中、あたしは、自分の手の中の球根を、抱きしめた。

あんまり力をいれちゃいけない、そんなことしたら球根が潰《つぶ》れちゃう、だから、力をいれずに、でも、心からの力をこめて、両手でそっと、球根のことを抱きしめて……。

そんなあたしに……勿論、これは気のせいなんだよ、気のせいだって判っているんだよ、でも……あたしの、手の中の、球根が、答えてくれた……ような……気が、した。

ほっ。

って。

勿論球根が息をする訳がない、でも、確かに、今、この球根は、息づいた。そんな気が、何故だか、した。

手の中の球根、その子が反応してくれたことが判って……あたしは、本当に、嬉《うれ》しかった。

ほっ。

それが本当に嬉しかったから、あたしはこの時、覚悟を新たにしたのだ。

あたしは、守る。この球根を、守る。何があろうとも、絶対に守る。

守らない訳にはいかないだろーがあっ！

☆

「はい」

で。あたしが覚悟を新たにしたら。

また、いきなり声が聞こえてきた。そして、その声、ちょっと慌《あわ》てたように。

「あ、いや、はいじゃなくて、ヘイっ！」

……じゃなくて、ヘイっ！　って、何なんだ。

「ヘイヘイ、なごみ、取り直したか」

「取り直しちまったかあ」

それに。よくよく聞いてみれば、この声って……いかにも会話をしているかのように取り繕《つくろ》っているけれど……実は、たった一人の、声？　一人が、あたかも、複数の存在が会話しているように装《よそお》っている、そんな声なんじゃないの？

「あ……あんたっ！」

だから。

次の瞬間、あたしは怒鳴りまくっていた。この、何だかよく判《わ》らない声に対して。

「あんた、一体全体何なのよ！」

けれど。あたしにこんなことを言った何者かは、そんなあたしの疑問を無視して。

「ヘイヘイっ！」

「その答。おまえ、知ってるだろ？」

「ヘイヘイ！　知っている筈」

言われた瞬間、判った。確かにあたしは、その答を知っている。

いや、知っている訳がない。

でも、知っている。

いや、知っている訳がない。知っていちゃ、いけない。でも……知っている。

この声。なんか最初っからわざとらしく黒いイメージだったし、言ってることは酷いし、だから今まで、思いもしなかったんだけれど……この声、実は、あたしのことを……今まで、励ましてくれていた？

うん。今まで、あたしが途方に暮れると、まず聞こえてきたのがこの声だったのだ。んでもって、この声は、〝どーでもいい草花〟だの〝蕩尽〟だの、あたしが許せないようなことを言って……その声に反発したから、あたしは今まで、なんとか進んでくることができたのだ。

しかも。ほたるぶくろが解散してしまった後、この声、「こいつはさあ、多分、このあと、適当な方向へ歩くと思うぜ」「三十分も逆側に歩けば、違う局面に出くわすことができるって、希望的な観測、抱いてるんじゃねえの？」なんて言って、あれにはあたし、かなりかちんときたんだけれど、考えようによっては、あれはアドバイスだったのでは？　適当に歩いていくんじゃ駄目だよっていう。

で、あたしが、地面を這いずって自分があげたお水の痕《あと》を辿るっていう戦略をとって……でも、這いずっている自分が、なんか情けなくて涙でてきたら、「ほたるぶくろ、恩知らずにも程があるぜー」って言ってくれて……。

うん。今なら、判る。あれは、ほたるぶくろを罵倒《ばとう》したんじゃなくて……あたしに、わざと、言ってくれたのだ。それを聞いたあたしが、ほたるぶくろの好意に気がつくように。あの言い方は、「なごみ、よく考えてごらん、ほたるぶくろは恩知らずなんかじゃないよ」なんて言われるのよりはるかに、〝ほたるぶくろは恩知らずじゃない〟ってことを、あたしの腑《ふ》に落ちるようにさせる、そんな言い方だったんだ。

そして。

あたしは、あたしに対して、こんな説得の仕方をするひとを……知っている。

「ヘイヘイヘイ！」

って言われた時には、判らなかった。

でも。今。一瞬、「はい」って言われた時、その抑揚で、思い出した。

あたしがまだ小さかった頃。お姉ちゃんと喧嘩《けんか》したり、ママに怒られたり、いろいろあって、泣きだした時。

「はいはいはい、なごみちゃん、はい。はいはいはい、はいよ、なごみ」

おんなじだもん。音律が、本当に、おんなじだもん。

でも……。

でも、けど。

この〝黒い声〟が、おばあちゃんの訳なんてない。

いや。そもそも、おばあちゃんは死んでいるのだ。そのおばあちゃんが、こんな〝黒い声〟になっている訳がない。

でも。それを言うならば。

そもそも、一番最初。おばあちゃんの言葉が聞こえたこと、それ自体が、今となっては、疑わしくならない？

うん。あたしが歩きだした、そのきっかけになった最初の台詞。おばあちゃんの言葉。それが……この「ヘイヘイヘイっ」って言っているものが繰り出した言葉なら……そもそも、あたしのミッションって、何だったの。

あたしは、おばあちゃんに言われたから、だから、土地神様が怒らないように、土地神様の祠《ほこら》にお参りをするつもりだった。この、湯飲みの中のお水と、球根を持って。

でも、最初の、おばあちゃんの言葉が……あれが嘘《うそ》だったら、あれが、「ヘイヘイヘイっ！」って言っているものの言葉だったとしたら……。

いや、ちょっと待て。あたしは、おばあちゃんの言葉が、結局の処《ところ》、判らなかったのだ。ザザザって音に遮《さえぎ》られて、結局、おばあちゃんの言葉は、よく聞き取れなかったのだ。

だとすると……。

「ヘイっ！　なごみにはばれちまったみたいだぜ」

こと、ここに至っても。まだ、こいつは、複数の人格を装うつもりみたいだった。

でも。あたしが、ぎろって睨《にら》むと。

いや。

この辺、自分でもよく判らない。

あたしはとにかく、おばあちゃんを騙《かた》ったこいつが許せない、そんな気持ちはしていたんだけれど、でも、こいつは、実はおばあちゃんを騙った訳じゃないのかもしれない、ほんとのおばあちゃんなのかもしれない、だから、何を、どう、睨み付けたらいいのか、実の処はまったく判らない、でも、睨む。

何をどう睨むべきなのか、まったく判らないけれど、睨む。

睨むしかないから、睨む。

そうして、あたしが、とにかくぎろっと睨んでいたら……。

「ばれたのなら、しょうがない」

いきなり、黒い声は、こう言った。そしてそれから。

「まあ、なごみには、あんまりばれたくはなかったんだよねえ」

途中で、咳《せき》こんでいる、滑舌の悪い……このしゃべり方は、おばあちゃん？

で、あたしは、ついつい。

「おばあちゃん！」

って、叫んでしまい。すると、黒い声。

「を、含む」

なんてことを、言ったんだよね。

「え、何、含むって、何」

「吾《われ》は、おまえのおばあちゃんを含む」

って、何なんだよそれ。

「吾は……おまえの理解できる概念で言うと……〝土地神様〟だ」

え……あの？　あたしがお参りしなきゃいけない神様？

「同時に、おまえのおばあちゃんであり、おじいさんであり、ひいばあさんであり、ひいじいさんであり……その、すべてを、含む」

……はい、あの？

何を言われているんだか、ほぼ判らないんだけれど、あたし。と。

おばあちゃんの声が、これを補足してくれた。

☆

「あのなあ、なごみ。神様っていうのはなあ、普通、祟《たた》るものなんだよ。祟られない為に祭る、それが、普通の、神様」

えっと、これはほんとのおばあちゃんなのか？　それとも、これも何かの欺瞞《ぎまん》？

それが判らないまま、とにかくあたしは、おばあちゃん（だと思われる）の声に、耳を傾けていた。

「うちの農園は、この地で、土地神様に祈って、土地神様の御加護のもと、代々ずっと続いてきた。だから……わたしのじいさまも、ばあさまも、みんな。みんな、死んだあと、神様の中にはいっていった。ひとは死んだら仏様になるっていうけれど、うちの人間は、代々土地神様に吸収されていったんだよ。土地神様っていうのは、そういうものなんだ」

……えと、あの？

「この地にもとからいた神様と、御先祖様があわさって、そして、わたしになっている。いや、吾になっている。それが、土地神様であり、御先祖様だ」

一人称が吾になった瞬間、声がちょっと変わる。でも、その声はまた、おばあちゃんのものに戻って。

「だから、わたしは、なごみのおばあちゃんであり、同時に、吾は、土地神様だ」

ちょっと待て、おばあちゃん！　って、これはほんとのおばあちゃんなのか？　いや、その前に、〝神様は祟らない〟って、おばあちゃんが言ったのではないのか？

「悪かったなあ、なごみ。それは、嘘だ」

って、おばあちゃあんんん。そんなこと、今更言われても……。

「本当の神様は、祟る。だから、その祟りを鎮《しず》める為に、人間はいろいろなことをしていた訳だよ。けれど、神様は、祟る時には、祟る。ひとが何をしようと、祟る時の神様は、祟る」

いや、だからおばあちゃん、そんなこと、そんなおそろしいこと、今更言わないで

―。

「けれど」

ここで、くるっと声音を変えて。勿論《もちろん》、表情なんか見えないんだけれど、おばあちゃん、笑ったような気がした。

「本当の神様は祟るのかもしれない、けれど、うちの土地神様は、吾は、祟らない」

「……って……なんで？」

「〝吾〟は、〝わたし〟、だからだ」

「……？」

「うちは、代々、この地で、農業を営んでいた。ずうっと、代々。だから、うちの農園の神様は、この土地の神様であるのと同時に、我が家の先祖代々のひと達でもある。わたしの母さま、父さま、遡《さかのぼ》って、最初にこの農園を作った初代のひいじいさま。みんなが、死んで、土地神様になった。死んだわたしも、土地神様の系列にはいることになった」

　あの、えと、それって？　それってつまり、うちの農園の土地神様って、最初っからいた〝神様〟だけじゃなくて、この地に骨を埋《うず》めたひと達が次々その中にはいっていったっていうこと？　農園をやっていた御先祖様が、うちの農園の行く末を心配した御先祖様達が、神様の系譜の中にやたらと乱入していったたっていうこと？

「なごみは、可愛《かわい》い、わたしの孫だ。大和田農園の人々は、愛《いと》しい、吾の子孫だ。わたしが、なごみに何か酷いことを、する訳があるかね。吾が、大切な吾の末裔《まつえい》を害することなんて、ある訳がない」

おばあちゃん（いや、神様？）。

一人称が、〝わたし〟になる時と、〝吾〟になる時で、声のイントネーションや響きがまったく違ってる。うん、「ヘイヘイっ」なんて言わずに、最初っから、このしゃべり方をしていたのなら、あたし、間違いなく、これは二人のひとの声だって思ってしまった筈。でも、今、おばあちゃんは……一人なのに、二人いるとしか思えないような、不思議なしゃべり方をしている。

「それで、さて、なごみ。おまえに頼みたかったのは、その球根を、わたしがお水をあげていた祠まで、届けることだ」

あ、この声は、全部、おばあちゃん。

「場所は、判るかな？」

んと……出発点があたしの部屋だとすると、あたしの部屋は二階だけれど、高低差を無視すれば……うーん、何となく、判るかな。

「うん。行けると思う」

「なら、行っておくれ」

うん。やっとミッションの目的が明確になって、あたし、安堵《あんど》のため息。

「だが」

いきなり、おばあちゃんの声は、おばあちゃんじゃなくなった。土地神様の時の声。

「吾は、祟らない。おまえ達を慈《いつく》しむ。……本当に、おまえ達が恐れなければならないのは、吾ではない。お日様だ」

はい？　また、なんか変な話になってきたぞ。お日様って……太陽、ですか？

「人生は、ゲームではない。この条件を満たしたら、この局面はクリアできる、そういうものではない。そして、お日様は、自然は、あくまで勝手で……そして、驚く程に、苛烈《かれつ》だ」


んー。

何、言われているんだか、よく判らなかったんだけれど……とにかく。

とにかく、るん、あたし、ようやっと〝目的〟が何だか判ったんだよねー。

あ、嬉し。だってこれなら楽勝だもん。

こにも、なあいいっ！

このままじゃ、まずい。それは判った。

そんで、まず。あたしは、身をかがめたまま、トレーナーの裾《すそ》をちょっとあげて、球根を、トレーナーとシャツの間に押し込む。ああ、パジャマに着替える暇もなく、眠っちゃってよかった。パジャマなら、冬用のネルの奴でも、すぐに水を吸っちゃうもんね。その点、トレーナーはもうちょっと生地が厚くて……ああ、でも、駄目。ここまで水が染《し》みるのはすぐだ。

あたし、しょうがない、しゃがみ込むと（ああ、誰も見てませんように）、ごそごそ、手の感覚だけで、トレーナーの下に着ていたシャツのウエストのあたりのボタンを外す。それから、穿《は》いていたジーンズのボタン外して、その下にはいっているTシャツをたくしあげ。

球根を、あたしのお臍《へそ》のあたりにつっ込み、その上から、Tシャツをかぶせ、シャツのボタンをとめ、ジーンズをシャツの上までもってきてボタンとめ、それらすべてをトレーナーで覆《おお》ったのだ（いや、冬だからね。大晦日《おおみそか》だからね。あたし、下着の上に、Tシャツ着て、その上にボタンダウンのシャツ着て、更にトレーナーを着ていたんだよ。だから三枚の衣服の下に、そして、自分の肌に接する処に、球根をもっていった訳)。

これで。これで、この雨の直撃から、球根を守れるか?

屋根がある処がどこにもなく、未《いま》だに雨は、あたっているあたしの体が痛いくらいの勢いで、その勢いが減じそうな感じはまったくなく……。

だとしたら、あたしが今できるのは、どう考えたって、この程度のこと。

でも。

やがて、これでも、まだ、駄目だということが判った。

あたしの体にあたる雨は、本当に痛くて、もはや、〝雨〟なんて言葉で言いあらわしていいものには思えなくって……。

確かに。これで、雨の直撃からは、球根、守れるんじゃないかと思う。雨が強くあたって、それで球根が傷《いた》むことはないだろう。

けれど、この雨だ。あっちこっちではねかえったり何だりしている水滴からは、球根、守れているんだろうか? いや、駄目だろう。その上、トレーナーもシャツも、なんか、どんどん水が染みてきている感じ。

あたしは、もう一回、しゃがみ込んだ。しゃがみ込んで、丸くなる。

球根があるあたり、お臍を守るように、しゃがんで、丸くなって、両手をお臍のあたりへ持ってゆき、そこにゆるくあてて……。

とにかく、雨の攻撃、その全《すべ》てに対する、防御姿勢をとったのだ。

ほとんど四つんばいに近い形になって。ひたすら球根を守りつつ。

その時、あたし、変なことを考えていた。

そういえば、なんであたしには、あたりの景色が判ったんだろう……？

この辺には、屋根がある建物はない。

月あかりと星あかりしかない世界で、雨が降ったら、あかりなんてまったくない筈《はず》なのに。なのに、何だって、この辺には屋根がないって、あたし、判ったのだ？

どう、どうどうどう、どうどうどう。

どのくらい……雨は、続いているんだろう。もう、よく判らない。

ただ、とにかく、あたし、ずっと同じ姿勢をとっていた。ほぼ四つんばいに近い形になって、Tシャツの下、お臍あたりに入れた球根を、ひたすら雨の暴虐《ぼうぎゃく》から守る、そんな態勢。ずっと動かずに。ひたすらずっとそんな姿勢を保つ。

十分？　二十分？　三十分？　……あるいは、もっと、ずっと？　二時間も三時間も？

どうっ。どうどうどう。

ずっと待っていたら、雨が止《や》むのをひたすら待っていたら……あたしの時間感覚、どんどんおかしくなっていった。

どうっ。どうどうっどうどうどうどう。

……なんだか……もう、二日も三日もたったような気がする。いや、そんなこと、ある訳ないんだけれど、気持ちとしては、二日も三日も。でも、止まない、雨。

暴力的な雨に打たれ続けた体は、もう、痛みすらよく判らなくなってきた。そのくらい、もの凄い痛みが、続いて久しいのだ。その上、体の感覚まで、なんだかよく判らなくなっている気配。うん、あまりに雨に打たれ続けたせいで、体が完全に冷えきってしまったからなのかなあ、感覚、それ自体が、すでに自分でもよく判らなくなっている。あたしの体……今、痛いんだか、寒いんだか、辛《つら》いんだか、それすら、もうよく判らない。

どうっ。どうどうどう、どうどうどう。

……気がついたら、

いつの間にか、あたしは、祈っていた。

「神様」

この、〝神様〟は、土地神様やおばあちゃんじゃない。もっと、絶対的な、神様。土地神様の上にいる、天の神様。

ううん、いや。神様に上下があるのかどうかなんて判らない。でも、土地神様は、うちの農園を護《まも》ってくださる神様だ、そんでもって……雨を降らせたり、風を吹かせたりしているのは、うちの農園関係ない、日本全国、世界各地を支配している、そんな〝かみさま〟だろうって気がしたので。そしてそれは、きっと、天の神様。

「お願いです、雨を、この雨を、止ませてください。だって、このままじゃ……」

このままじゃ、球根が、駄目になる。

だから、神様、どうか、お願い……。

どうっ。どうどうどう、どうどうどう。

けど、当たり前だけれど、祈ったって、願ったって、それで雨が止む訳がない。

どうっ。どうどうどう。

祈っても、願っても、何をしても。

まったく止まない雨。

いつまでも続く雨。

「かみさま……」

体感では、すでにもう、何時間も雨に打たれて、何時間も祈り続けているあたし。でも、そんなあたしの祈りを、まったく無視してくれちゃってる、天の神様。

ここでもう。しょうがないからあたし、数を数えることにしたんだ。

数を、数える。

これ、何かを待っている時のあたしの最終手段。うん、たとえばバスがなかなか来ない時、待つのに飽きて、他に何もすることがないと、あたし、数を数えてみるんだよね。

あと百。あと千。そのくらい数えるうちに、きっとバスは来る（で、まあ、大体、これやるとバスは来てくれるのだ）。

で、今、これをやることにしたのは……数えれば、時間を、数量化できるでしょ？この、無限にも思える時間も、実際に数量化してしまえば、何とかなるんじゃないのかなって。数量化してしまえば、無限じゃないことが、あたしにも自覚できるのかなって。

うん。もうずっと、雨が続いているっていうのは、これはきっとあたしの錯覚だよ。あまりにも同じ状態が、あまりにも辛い感じで、あまりにも長いこと続いているから、あたしが、それを、無限のように錯覚しているだけ。だから、実際に数を数えてしまえば、この錯覚、すぐに尻尾《しっぽ》をだす筈。

一秒に一、数えるとして。となると、六十数えれば、一分。六百数えれば、十分。三千六百数えれば、一時間。三万六千数えれば、十時間。三十六万数えれば、百時間。だから、あたしは、思っていた。数さえ数えていれば、五万に達する前に、この感覚に破綻《はたん》がおきるだろうって。それ以上数えることなんて、あり得ないって。

ところが。

「いち……に……さん……」って数えていったら……いつの間にか、十万を、突破してしまったのだ。

これには、さすがに驚いた。というか、怖くなった。数えていた自分が、信じられなくなった。

この雨は、止まないのではないか？

そんな可能性に、思い至ってしまったので。

☆

本当に止まない雨。いつまでも降り続く雨。そして、あたしのお臍の上で、どんどん濡れてゆく球根。

駄目だ。

この続く雨の中。どっかの時点で。

あたしには判っていた。諦《あきら》めた。

この球根……もう……駄目、だ。

だって。

あたしの体にまとわりついている（今となっては、〝着ている〟んじゃなくて、あきらかに〝まとわりついている〟んだよ）、服、これ、も、水分含み放題。っていうか、濡れ放題に濡れている。多分、今、服を脱いで、手で絞ってみたら、じゃーって水がでてきてしまう。間違いなくそのくらい、濡れている服。

そんで。

ここまで濡れている服に、あたしのカウントが確かなら、すでに丸一日以上触れていたのなら。

　間違いなくこの球根だって、濡れている。いや、濡れているなんてもんじゃない。丸一日、ほぼ水浸しになっていたようなものだ、この球根。

んで……植える予定もないのに。なのにこんな状態になってしまったのなら。

もう……この球根は……きっと……駄目、だ。

将来、植えたとしても、もう、綺麗《きれい》なお花を咲かせてはくれない、いや、その前に、生きているのかどうかすら、芽をだしてくれるのかどうかすら、すでに、よく、判らない。下手したら、この水がもとで、腐ってしまうかもしれない、そんな球根になってしまった。

「十万二千六百二十四」

惰性で、カウントしていた数字を口にした後、激情にかられて、あたしは絶叫してしまった。

「莫迦あっ！」

それから、球根を守る為に、自分の体の前でクロスしていた手を引っ込め、その両手で、ただ、ただ、ただ、地面を殴りつけて。

「莫迦あっ！」

いや、地面なんか殴っても、何の意味もないの、よく判っていたんだけれど。でも、他に、どうしようもないから。

「莫迦あっ！　神様の莫迦、神様の莫迦、神様の莫迦っ！」

口にしてしまった後で、あ、この台詞、まずいかもしれないって、ちょっとは思った。土地神様や、おばあちゃんが聞いているかも知れないんだもん。でも、同じくらい、「どーでもいい」って思っているあたしもいた。

だって。

今でも、雨は、降っている。

今でも、あたしの球根は、濡れ続けている。

あたしは……。

判《わか》んないんだけれど。

自分にできることは、みんなやったつもりなんだ。

いや、勿論、どっかに不備があったのかもしれない。でも、あたしは……少なくとも、あたしにできる限りは、自分にできるすべてのことをやったんだって、自負が、ある。

〝人事を尽くして天命を待つ〟。

そんなことわざ、知ってる、あたし。

そういう意味では、あたし、多分……人事を尽くしたんだと思うんだけど……けれど、〝天命〟は、あたしのこんな努力を無視したんだ。

だから。

「神様の、莫迦あっ！」

あたしにしてみれば。こう叫ぶしかない。

だって、今でも、雨は、暴力的なまでに降っている。体が、痛い。

そんで。

「神様の、莫迦あっ！」

両手でもって、思いっきり地面を殴りつける。そしたら、両手を使った動きが悪かったのかなあ、あたしの懐《ふところ》から、いきなりぽろっと球根が転がりでてきてしまったのだ。

「あっ」

あたし、慌《あわ》てて手を伸ばす。転がりでてしまった球根を両手で掴《つか》む。

ああ……やっぱり球根、なんか、ぶかぶかした手触りになってる。あんた、水浸しになっちゃったんだねえ、ごめんね、ごめんなさい。

あきらかに水を吸った、ぶかぶかした手触りになってしまった球根を両手で捧げ持つと……なんだか、もう、球根に謝るしかないって気持ちになってきた。

「ごめんね。あたし、あなたを守るつもりだったのに。でも、守れなかった」
口にして、こう言ってみたら。

その瞬間、湧《わ》き上がってきた思いがあった。

この球根、確かに最初に見た時のように、見事な、素晴らしい球根じゃないかもしれないけれど……でも、まだ、ちゃんと、球根だよ？　確かに濡れちゃったけど、植える時期はずっと先だけど……でも。

この子。何とか助ける術《すべ》は、ないんだろうか……？

神様は、酷《ひど》い。

いくら何でも、こんな雨はないでしょう。完全に、〝普通の自然現象〟〝普通の天候状況〟、無視してるもん。

球根は水を吸ってしまった。

でも。まだ、この球根、死んだって決まった訳じゃ、ない。

そりゃ、確かに。最初に見た時思った程、見事な球根じゃ、なくなってしまった。でも、球根は、球根だ。

今からでも乾かせば……って、あの、どうなんだろう？　あたし、花卉《かき》農家の娘だけれど、実は農業のこと、まったく知らなくって、球根のこともほんとに判らなくって……一回、完全に水浸しになった球根でも、もう一回乾かせば、植える時期には、ちゃんとした球根に戻るんだろうか？　いや、その前に、この子、生き物だよね？　一回水吸った生き物、乾かして、いいの？　どうやって乾かすの？　ドライヤーとかあてるのは、なんか駄目そうな気がする。

……判らない。それが全然判らなかったので……あたし……心から情けなくなった。チューリップの球根なのに。うちは、チューリップ農家なのに。なのに、農家の娘のあたしが、それ、判らないのか？

判らないことが口惜《くや》しくて、それがほんとに情けなくって、あたし、ついつい、手の中の球根を握りしめそうになる。んで、慌てて手の力を緩める。これであたしが、この球根を握り潰《つぶ》してしまったら、それ、単にあたしがもっの凄い莫迦だ。

で。そうしたら。

あたしが、手の力を緩めた瞬間。

まるで、それに呼応するかのように。

この、暴虐な雨は、来た時と同じように、いきなり、あたしの世界から去ってしまったのだ……。

☆

ああ。

先刻まで身をかがめて、ひたすら耐えていた、あたしの体にかかる痛みがない。あたしのことを上から押さえつけていた、雨の圧力がない。雨、完全に止んだのだ。

「あふっ……ふうう」

あたしは、体を伸ばした。全身に力をいれて、思いっきり、伸び。

あうううう、ああ。

雨の中、一体どのくらい強張《こわば》っていたんだろう、あたしの体、伸ばした瞬間、ばきばきばきって音がしたような感じ。ああ、ほんとに無茶苦茶、強張っていたんだろうなあ。雨に打たれた体が痛いっていうんじゃなくて……今まで全身に力を込めて縮こまりすぎていたので、伸ばした体が痛い。でも、あたし、体伸ばしてもリラックスできる感じじゃなくて……。

だって。

気がついたら、あたしは、ずぶ濡れ。

いや、ずぶ濡れなんてもんじゃ、ないよなあ。やったことないけど、服着たままプールで一時間も泳いだら、こんな感じになるんじゃないか？　も、服が全部、ひたすら体にまとわりついて、体、伸ばすだけで一苦労。

……で……肝心の球根は……水吸ってぶかぶかになった、そんな、ていたらくだ。

おばあちゃん。土地神様。

ごめんなさい。

あたし……ちゃんとしたお参りが、できませんでした。

目的地、判っていたのに。やることも、判っていたのに。……なのに……肝心の球根を、守ることができませんでした。

ごめんなさい、ごめんなさい、ごめんなさい。

でも、同時に、ちょっと、思うこともあって。

神様、酷い。

いや、この場合の〝神様〟は、土地神様ではない。じゃ、何かって言えば、もっとずっとおおきな、〃かみさま全般〃なのね。〃天の神様〃。

……あんなにお願いしたのに。

神様が雨を止ませてくれないと、あたしの球根が駄目になってしまう、だから、全力を尽くして球根を守りながら、それでも、全身全霊で、神様にお願いをしたのに。

なのに、神様は、あたしの球根を、守ってはくれなかった。あたしの願いを聞き届けてはくれなかった。

しかも。神様がいないのなら、あたしの願いに気がついていないのなら、まだ我慢できた。けど……神様は、明らかにあたしの願いを聞いていて、でも、それを無視したのだ。

そう思った理由は。この、不思議な光。

うん、そう。月あかりと星あかりしかない筈の世界で、雨が降って、それでも、あたしに、あたりが見えたのは、何故《なぜ》なのか。

だって、ここには……なんか、不思議な、蒼白《あおじろ》い光が、満ちているんだもん。雨が降り出した時から、ここには蒼白い光が満ちているんだもん。

そんで。あたし思うに……これは、きっと、神様の光。土地神様じゃない、もっと大きな、神様の光……。

雨が降るまでは暗かったのに。なのに、いつの間にか……この世界は、蒼白い光に、満ちている。そして、この光は……多分、〝神様の光〟だ。理屈があって、そう思った訳じゃない、でも、そう感じてしまう。

☆

「おや。なごみは判りが早いね」

いきなり、おばあちゃんの声が聞こえてきたんで、あたし、驚いた。でも、何でだか、スムーズに言葉が出てくれて。

「え？ ってことは、あたしが思っていることはほんと？ あたしが雨の中で思った神様が、本当の神様？」

「なごみは微妙に失礼な子供だね。わたしゃ土地神様だって、本当の神様だ」

「あ、ごめん。……でも……そういう意味じゃ、なくって。……なんか、おばあちゃんより大きな……あの、あたしが〝本当に恐れなければいけない神様〟って……」

「言っただろ。お日様だよ。先刻の会話のあと、土地神様の力で、〝今雨を降らせているお日様の世界〟に、おまえをちょっと送り込んでみた」

うううう。なんか、判ったような気もするんだけれど、同時にまったく判らない気もする。

「でも……あの神様は、あたしがどんなに祈っても、どんなにお願いをしても」

「まったく言うことを聞いてくださらない。それが、お日様だよ、なごみ」

ここで、おばあちゃん、ちょっとゆっくり、間をとる。そして、それから。

「お日様は、そういうものなんだよ。この世のものすべてを護ってくださる、お日様がなければ、チューリップも、他のすべてのお花も、いや、その前に、人間だって動物だって生きてはいけない、そういう、大変偉大な神様だ。だが、同時に、お日様は、人間の祈りを聞いてはくださらない。どんなに願おうが、祈ろうが、何をしようが、人間の事情に左右されない。それが、お日様だ」

「……すっごい……勝手な気がする……」

「のは、間違いだよ、なごみ。あの方は、いてくださることが、すべてだ。お日様がいなければ、生きてゆける生物はいない。だから、お日様は、ただ、いてくださることが、最大のめぐみなんだよ」

うっ。そう思うと。

「じゃ、先刻のあたしの台詞《せりふ》、まずかった?」

あたし、お日様を、思いっきり罵《ののし》ってしまったような気が……。

と、おばあちゃん、笑って。

「大丈夫。お日様は、他の神様とは違って、決して祟《たた》らない唯一《ゆいいつ》の神だ。そのかわり、我々が何をお願いしても、何をお祈りしても、決して聞き届けてはくれないんだけれどね。だから、なごみがどんな暴言を吐こうが、決して気になさらないから」

……なら……いいんだけれど。

「そしてねえ、覚えておおき。お日様は、世界で最も苛烈な神だ」

「……？」

「地震だの。噴火だの。旱魃《かんばつ》だの。……人間が、どう対処しようとしても、決して対処することができない災厄、それを齎《もたら》すのが、お日様……言い方を変えよう、お天道《てんとう》様《さま》だ」

「か……神様なら、そーゆーの、なしにしてくれたって」

「と、いう風に、人間の都合によらないのが、お日様だ」

うっ。うううう。

「そして。それに抗《あらが》うのが、人間だ。わたしが、土地神様が護ろうと思っている、人間だ。……そういう意味ではね、なごみ、あんたはよくやった」

え。

いきなり、「あんたはよくやった」なんて言われても。

実際のあたしは、ミッションに失敗した訳で……。そんでまあ、あたしがおどおどしてしまうと。おばあちゃん、笑った（声だけで、姿が見えなくても、それ、判った）。

「最後の最後で。おまえ、この球根が助かる道を模索しただろ？」

「でも……できなかった」

「いや、できる、できないは、どうでもいいんだ。助けようと、した」

うん。はい。確かに……そう思ったことは……思った、よね？

「お日様は、最も貴い神であるのと同時に、最も苛烈な神だ。何があっても、いかなるケースであろうとも、ひとがどんなに祈っても、その願いは聞き届けられること、叶《かな》わず。……こんな時、人間は、何をするのが、正しいんだと、なごみは思うかい？」

え。そんなこと、いきなり言われても。んなの、判る訳ないじゃん。

でも……たったひとつ、言えるとすれば。

「抵抗する」

しか、思い付けない。

いや、どんな抵抗ができるんだか、そもそも天の神様に抵抗していいんだかどうなんだか、そこからしてあたしには判らないんだけれど。

「地震や噴火の場合、抵抗のしようはないわなあ」

んで、案の定、おばあちゃんが、ゆるやかにそれを否定する。

そしてそれから。おばあちゃん、ちょっと自慢気な声音になって。

「けど。おまえは、抵抗したんだよ」

え、そうなの？

「あの球根が助かる道を考えた。知識がないから、知恵がないから、その道はすぐに途絶えてしまったけれど、それでも、模索だけは、したんだ」

ん……確かに。

「わたしが、土地神様が……吾《われ》が、本当にして欲しかったのは、それだ」

途中からおばあちゃんの声、いきなり土地神様のものになる。

「なごみ。吾は、おまえに、本当に、それをやって欲しかった。だから、それをやったおまえを、こちらの世界に帰した」

……え？

「吾は大和田農園の守り神であるから。他のことはできないから。農園を護っている限りにおいて、怖いのはお日様だ。あの方に抵抗できる神はいない。だが、本当の意味で、怖いのはお日様ではない。お日様は本当に暴虐であり、何をされるかは判らない。けれど、人間が、それに萎縮《いしゅく》してしまったのなら……その場合、本当に怖いのは、〝萎縮してしまう人間〟だという話になる」

「……」

「お日様の暴虐があっても、そののち、その先を考える。球根が駄目になっても、そののち、何とかそれを救う道を考える。それを、吾は、やって欲しかった」

………。

「吾は……わたしは、ね」

土地神様の台詞。途中から、いきなりおばあちゃんのものになる。

「なごみもできると思ってた。過去、うちの農園の子供達がみんなできたように。……あんた、思っただろ？　人事を尽くして天命を待つって。それは、正しい」

そして、しばらくの間。

「確かに、どんなにひとが努力をしようとも、それが叶わないことはある。いや、むしろ、その方が多いかも知れない。だが、ひとが人事を尽くさなければ、天命は、絶対に、来ない。これだけは、確かだ」

ひょい。姿は見えないんだけれど、おばあちゃんがちょっと首を傾げた気配。うん、あたしが何かいいことすると、おばあちゃん、いつもこうして首傾《かし》げて、それからあたしのことを褒めてくれたんだよね。

「どれだけ神様に裏切られようとも、ひたすら自分のできることをやる。やろうとする。……ミッション・コンプリート」

あ。最後の台詞は、ほんとにおばあちゃんのものなんだろうか。なんか、あんまり小声だったし、大体がおばあちゃんの台詞っぽくなかったし……でも。

このおばあちゃんの台詞を最後に、また、世界が変わった。

☆

ああ、今、目の前にあるのは、あの、祠《ほこら》だ。おばあちゃんがずっと、お水を捧げていた、いつもの祠だ。

ふっと気がつくと、あたしの体は、もう、濡《ぬ》れていない。

いつの間に乾いたのか……いや、そもそも、最初っからまるで濡れていないのかも知れない、そんな、完全に乾いた、まったく濡れていないTシャツとボタンダウンのシャツとトレーナーをあたしは着ていて、お臍のあたりから出てきたのは、まったく綺麗な、まったく水を吸っていない、見事な球根だった。最初に見た時の、あの、球根。そして、あたしの手の中には、おばあちゃんの湯飲みがあって、その湯飲みには、満々と水がたたえられていた。

え、いいのか？　これでいいのか？

そう思いながらも、ここまで舞台装置が整っているのだ、あたしはまず、自分の手の中の球根を、祠の神様に捧げて。それから、手に持っていた、おばあちゃんの湯飲みのお水を、古いお水と入れ換えて。

そんでもって、ぱん、ぱん。

二回、柏手《かしわで》打ってお祈りして……でも、これでこのお参り、おしまいにしてしまって、本当にいいのか？

それに。気がつくと、あたりは、ほの明るい。あの、お日様の世界にいた時に感じた、蒼白い光じゃなくて……これ、単純に、あたしの世界で、夜があけた……の、かな？

って、あたしが疑問を感じた瞬間。

いきなり、あたしの肩に、人間の手が乗っかってきたので、あたしは本当に驚いた。

いや、だって、こんなあたしの肩に、人間の手って、それ、何？

慌てて振り向くと。

「へっへっへー、なごみちゃん」

そこに、お姉ちゃんの顔があったので、またまた、あたしは、驚いた。

え、何だってこんな処《ところ》に、何だってこんなタイミングで、お姉ちゃんがいるの？

でも。

あたしが驚いたのより前に、お姉ちゃんの方が、どうやらずっと驚いたらしかった。

「な、なごみっ。ごめん、私、何か間違えたかな、あんたがおばあちゃんと一緒に土地神様の処へ行ったのかなって思ってたんだけど、違うの？　ほら、これ、使いな」

って、渡されたのが、ハンカチ。え、ハンカチ、何で？

「拭《ふ》きなさいよ」

って……あれ、だって、あたしの体は、もうまったく濡れていないんだよ？　ジーンズまで綺麗に乾いている。この状態で、一体何を拭けって？

「あんた、顔、びしょびしょ。どんだけ泣いたのよ」

え……。そうなの……？　って思ってみたら……確かにあたしの顔は、涙でびしょびしょだった。

　そんでまあ、あたしは、ありがたくお姉ちゃんに借りたハンカチで、顔を拭く。そしてそれから、やっと、お姉ちゃんの言っていることがおかしいって気がついて。

「お姉ちゃん、あたしがおばあちゃんと一緒に土地神様の処へ行ったって……」

どうして知ってるのっ！

　知っていることが、〝変〟なのだ。絶対に、変なのだ。

　と、お姉ちゃん、慌てもせずに。

「んー、亡《な》くなった時期からいうと、あんたの処に来てくれたのは、おばあちゃんでしょ？　あんた、おばあちゃん子だったもんねー、よかったじゃん、あんたの大好きなおばあちゃんで」

「……って？　って？」

「私の時に来てくれたのはおじいちゃんだったんだよ。いや、勿論《もちろん》、おじいちゃん、嫌いじゃないんだけどさー。あのひと……」

「……口うるさい……」

　ずいぶん前に亡くなったおじいちゃん、まだ小さかったあたし、ろくに覚えていないんだけれど……いろんなこと、ガミガミいうひとだったことだけは、覚えている。

「なんだよねー。あの、口うるさいおじいちゃんが、も、がみがみ、がみがみ、がみがみ、がみがみ……」

待てっ。ちょっと待てっ。

う……うちの農園では、死んだひとが大晦日に、生きている人間に何か言うのがデフォルトなのか？　そんな農園、いやだあっ。

と。

そんなあたしの思いをはぐらかすように。

「ところで、あんたは何でこんなに泣いちゃっている訳？」

お姉ちゃん、全然違うことを聞いてくる。

「あたし……口惜しかったから」

「って？」

「あたし……花卉農家の娘なのに。なのに、球根をどうすればいいのか、まったく判らなかった。雨に濡れてしまった球根、乾かしたら前のような球根に戻るのか、そもそも、乾かしていいのか、その辺からまったく判らずに……それが、無茶苦茶、口惜しかった。だから、泣いちゃったのかなーって、思う」

「ああ、そっちか」

このあたしの台詞。これでも結構、いろいろと考えて、それで言ってみたものだったから、だから、このお姉ちゃんのあっさりした受け方が、なんか納得いかなくて。で、聞いてみたんだな。

「お姉ちゃん、何を知ってるの」

「んー……私の時にはね、おじいちゃんが来たんだよ。よりにもよって、あの、〝がみがみ男〟が」

「あの、そもそも、〝来た〟って、何？」

「え、いや、なごみ、気付いてない？　大和田農園の子供は、必ず、ある時、土地神様に会うんだよ」

　え。それ、決まっていることなのか？

「私の時はさあ、直近で亡くなった御先祖様で、私が知っているのはおじいちゃんだけだったから、おじいちゃんと土地神様が来てくれたの。でもって、大変だったの」

「何が……」

　って、答えはほぼ、判っているよな。

「だって、あの、〝がみがみ男〟だよ？　おじいちゃんは、がみがみがみがみ、土地神様の言っていることはよく判らず……」

う、う、うーむ。なんか、想像してみると……お姉ちゃんが遭遇した事態の方が、あたしのより、ずっと、大変そうだ。そんな気がする。

「パパにも聞いてみたんだけれどね、パパも、かなり昔のことなんでよく覚えていなかったんだけど、『確かにそんなことがあったような気がする』って、言ってた。あ、ママはね、大和田農園の娘じゃないから、こんなこと、知らなかったらしい」

　話を聞くだに、どんどん怪しくなってくるではないか、うちの農園。

「うちの農園、子供がある条件を満たしたら、土地神様が覚悟を問いただしに来ることになってるらしいの。そんでさあ、その結果、只今《ただいま》私、受験勉強で必死です」

　お姉ちゃんがいきなりこんなことを言って。

　あれ？　なんか、突然、話、変わった？　一瞬そう思ったんだけれど、そうじゃないことに、すぐにあたし、気がついた。

　そういえば、小学生まで、「将来はねー、ケーキ屋さんになるのっ」って言っていたお姉ちゃんが、中学校にはいった頃、いきなり「農大に行く」って言い出して、うちの親は狂喜乱舞したんだよね。うん、お姉ちゃんが農大に進学してくれれば、そのまま、うちの農園の跡継ぎが自動的にできそうだったから。

　けど、そのお姉ちゃんが、去年、いきなり、「ごめん、農大じゃなくて理系の大学の生物学部目指したい」って言い出して……で、今、受験勉強で必死なんだよね、お姉ちゃん。んでもって、親は、またわたわたしているんだよねー。

「小六の時にね、土地神様に会って。なごみがどう思って泣いているのか、なんか、想像つくんだけれど……似たようなこと思って、私、農大に行こうって決心したの。けど……そのあと、ちょっと思いが進化しちゃって。今では、遺伝子工学、やりたいと思ってんの。つまりね、品種改良。これを、遺伝子レベルで、ちゃんと学びたい。学んで、もっといろんな、もっと綺麗な、もっと長持ちする、そんなチューリップを作れるようになりたいって思っているの、私。それをやる為《ため》の進路を、考えてる」

ふわあああ。三つ上だから当たり前だけど、あたしより三年先を、歩んでいるんだ、お姉ちゃん。うん、だって、今のあたしも……漠然と、将来、農業について学びたいって思うようになったもん。この半日で、そうなったんだもん。もう二度と、この球根をどうしたらいいのか、悩まなくていいようになりたい。球根を、助ける為の、知識がある、そんな自分になりたい。

ああ。

そういう意味では。

これって……通過儀礼？

そんなことを思って。あたしが、おばあちゃんとか土地神様とかに思いを馳《は》せて、ちょっとほやあっとしていたら。

また、お姉ちゃんが、肘《ひじ》でもってあたしの脇腹《わきばら》をぐりぐりした。

「でね。でね、なごみちゃん、白状しなさい」

って、何を？

「あんたが八時くらいなのにすんごく眠そうになったんで、判ったんだわ。ああ、これ、土地神様に呼ばれてるなって。そんで、今、このタイミングで、土地神様が呼ぶなら、おばあちゃんが相棒だなって思った。なら、あんたが来るのは、おばあちゃんが毎日お水を捧《ささ》げていたここだなって思って、そんで、二年参りが終わったところで、わざわざここに来てみたのよ」

うん。お姉ちゃんが、今、祠に来た、その理由は、この説明で判った。でも……この、〝ぐりぐり〟は、何？

「大和田農園の子供が、ある条件を満たしたら、その時、大晦日《おおみそか》に、土地神様がやってくる。……んで、その条件って、何だと思う？」

え……年齢とか、そういうものでは、ないのか？

「言っとくけど、年じゃないからね。なら、何だって私は小六で、あんたは中二よ」

……確かに。

「ヒント。うちは、花卉農家です」

……そ……それがヒントになっているのか？　どんなヒントなんだそれ。

「お花っていうのは、何でしょう」

「……え……綺麗で……あたし大好きで……チューリップは水揚げが結構必要で……」

「そーゆー話じゃ、なくって」

笑いながら、お姉ちゃんは言う。

「あのね、こい」

へ？　あのね、こいって……あたしに、どこに来いと？

これ、あたしは本気でそう思ってしまった。でもって、あたしが本気でそう思っていることが、お姉ちゃんには判ったらしく、次の瞬間、お姉ちゃん、爆笑。

「ああ、もうっ！」

お姉ちゃん、笑いながら地面叩《たた》いている。これ、先刻の、泣きながら地面叩いて、神様罵倒《ばとう》していたあたしにちょっと似ているなって思ったけれど、そんなことは言わない。

「あのね、恋。初恋」

「は……は、いいいいいいい！」

「なごみちゃん、あんた、恋したでしょ。好きな子ができたでしょ」

「いいいいいいいっ」

「お花の農家だから。恋をすると、心にお花が咲くから。そもそも、お花っていうのは、何よ？って話になるんだけれど、お花は、〝受粉するもの〟、〝恋〟そのものだから」

って、ええええええっ。

「ほおれー、さっさと白状しなさい。好きな子ができたんでしょう、ほれ、うりうり、うりうり」

「ううううううう……」

そんなこと言われても。あたしは、も、何も言えない。

んでもって、あたしが、ずっと唸《うな》っていると、お姉ちゃん。

「あのさー、なごみ。この状況で黙ってるってことは、好きな子ができたって、白状してるのとおんなじだよ？」

かも知れないけれど。けど、言わない権利だって、あたしにはある筈《はず》だっ！

だから、あたしは、お姉ちゃんの肘を、ひたすら無視し続ける。

と、お姉ちゃん、あたしが無視を続けていたせいか。

　ふっと、全然違う話をする。

「お花って、凄《すご》いよね。ほら、人間と違ってさ。植物って、動けないじゃない。目だってないじゃない。しゃべれないじゃない。なのに、お花を、咲かせるんだよね」

「……？」

「信じているんだよね、世界を。自分がお花を咲かせたら、この世のどこかに、自分に花粉をおくってくれる、別のお花がいるって。あるいは、蜜蜂《みつばち》だの何だの、花粉を運んでくれる、自分を実らせてくれる、あるいは自分のお花の花粉をよそのお花に届けてくれる、そんな存在が、いるって」

……ああ……言われてみれば、確かに。あたしは、山岸くんを知ってて、時々は屋上や非常階段なんかで彼の練習を聞いてて……そんなこと、なくても、植物はみんな、お花を咲かせるんだ。

「あ、でも、チューリップは球根……」

「それも凄いの。あ、これ、あくまで感覚的な話であって、科学的な事実がどうなのかは判らないんだけれどさ、お花があるのに、それに加えて球根でもふえる植物ってさ」

……変、じゃ、ない？　あたしには、変だとしか思えないんだけれど。

「世界に裏切られても、それでも諦めなかったお花なんじゃない？」

「……え……」

「だって、お花以外の戦略もとっているんだもん。お花咲かせながらも、違う戦略も同時進行でやっているんだもん。何かの時点でさ、お花だけじゃ、駄目だった時が、あったのかも知れないじゃん。でも、諦めなかった。お花を咲かせる、そして、それ以外のこともやる、球根でふえる植物って、そんな感じ、しない？　どんな苦難にあったとしても、絶対に諦めない生き物」

え……あ……。

どんなに祈っても。天命が来なくても。それでも、諦めなかったから……それが……。

で、あたしが真面目《まじめ》な顔になったら。お姉ちゃん、いきなり。

「ごめんなごみ、本気にしないで。これ、私が勝手に思ってることであって、科学的な事実じゃないからね。嘘《うそ》だよ、嘘」

うん。お姉ちゃん。

嘘、なんだろうね。

けど、今のあたしにとっては、それは、〝真実の嘘〟ってものなんだろうと思う。

お姉ちゃんの球根の話を聞きながら、あたしは、自分のさっきまでの経験のことを思い出していた。

あの時の。

天の神様に祈った時のことを思いだしていた。

そして……思った。

これは、〝祈り〟じゃない、神様への、あたしの、私信。

神様。

これからも、あたし、がんばって生きてゆきます。あなたに祈ることがあるかも知れない。でも、あなたはきっと、あたしの祈りを聞き届けてはくれない。

でも、あなたに祈ってしまうことは、きっとある。先のことなんか判らないけれど、八方塞《ふさ》がりで、あなたに祈らずにはいられない、そんな状況になってしまうこと、それは、きっと、ある筈。

その願いが、聞き届けられないこと、それ、百パーセント承知でも。

けれど。祈りながら。

同時にあたしは、次の策を考える。

まあ多分来てくれないだろうけれど、でも、来てくれるかも知れない〝天命〟を待つ為には、人事を尽くさないといけないから。

神様。

それで、いいん、ですよ、ね？

でもって、それから。あたしは。

うりうりって、あたしの脇腹にはいってくるお姉ちゃんの腕を、全力で撃退して、断固として、宣言した。

「それは内緒」

〈FIN〉

あとがき

あとがきであります。

一昨年。私は、読者の方が主催の、「新井素子作家生活四十周年記念パーティ」って奴《やつ》を、やっていただきました。

いやもうこれ。嬉《うれ》しくって嬉しくって、自慢で自慢でしょうがないんですが。

(自分が主催でやるんじゃなくて、お仕事先の出版社の方が音頭《おんど》とってやってくれるんじゃなくて、〝読者の方〟が主催でやってくださった！　一作家として、これ程嬉しく、自慢できることが他にあるんだろうか。)

いやあ、作家生活、四十周年！

凄《すご》いなあ、私。よく四十年も持ったよなあ、私。んでもって、これから先も、持つつもりなんだよなあ、私。

　思い返してみれば、デビュー作である「あたしの中の……」を書いた時、私は十六でした。でもって、それが「奇想天外ＳＦ新人賞佳作」になった時、十七。最初のお仕事をいただいたのが十七。最初の本が出た時、十八。

　もう、あの頃の私は、死に物狂いでした。

　だって私、もともと作家志望の女の子だったんだよ。それが、最初に応募した新人賞で、佳作になっちゃった。原稿依頼がきちゃった。これはもう、夢を叶《かな》える為《ため》にも、ただただひたすら、原稿を書き続けるしかないでしょう。

　原稿書いて、そしたら、それが掲載されて、また、お仕事の注文がきて、それにあわせて原稿書いていたら、また、お仕事の注文がきて、それにあわせて原稿書いていたら、またまたお仕事の注文がきて……。

　考えてみれば。十代から二十代、そして、三十代の私って……多分、これしか、やっていない。

　いや、あの時代の自分がやっていたことで、後悔をすることなんてまったくないんですが……十六、十七、十八って、これはほんとに子供ですよね。

　だからまあ。

実は、小説の書き方なんてまったく判《わか》らずに、とにかく、言われた仕事をひたすらやるだけ。それで、何とか、日々を凌《しの》いでいたような気がします。（長編書き下ろしの依頼が多かったので、主に、それだけ。この頃の私、短編書けなかったんです。）

で、なまじ、凌げちゃったもんだから、二十代になっても、三十代になっても、そういうやり方でお仕事していて、道中ふっと疑問に思ったりも致しました。……私……本当に子供の頃、いきなり小説家になってしまったせいで……実は、小説の書き方、知らないんじゃないの？　これ、一回、ゆっくり、突き詰めて考えた方がいいんじゃないの？　いつかきっちり、〝自分の小説の書き方〟を検証してみるべきではないの？

四十代になってから、そんなことを思うこともあったんですが、まあ、でも、日々の仕事は忙しい。それに、この頃は私、とっくに結婚しておりまして、主婦業ってこれはこれでもの凄く時間を喰うのよ。その上この頃には、父の介護が始まり、父を看取《みと》ると母の介護、母を看取ると、義父、義母って順番に介護が発生し……「実は私は小説の書き方って、ちゃんと考えたことがなかったんじゃないのか？」って思いを、突き詰めている時間がありませんでした。

そんで。そんな時、東日本大震災があったのでした。

私は、東京在住ですから。それに、被災地に親戚《しんせき》はいませんでしたから。ですから、直接的にも間接的にも、被災した訳ではないんです。けれど、やはり、この震災は、とてもショックでした。

で、（こんな状態、直接被災した方に怒られちゃいそうな気もしますが）、どうしても、どよんとしてしまいました。心が沈んでいました。鬱々《うつうつ》としてました。

そうしたら、ある時。一緒にお仕事をしていた方が、大体こんなふうな意味のことを仰《おっしゃ》ったんです。

「義援金を出すのも、ボランティアに行くのも、否定はしないけれど。それはそれで素晴らしいことだとは思うんだけれど。でも、何か違うだろ？　被災していない人間は、とにかくどんどん仕事をして、じゃんじゃんお金を稼ぐんだ。で、それをばかばか使って、日本経済を回すっ！　本当に復興を目指すのなら、日本経済回すしかないっ！」

うわあ。この意見……すっごく、正しい。

殆《ほとん》ど感動に近い感覚覚えてしまって……ほんっと、心から、そう思いました。

んで、この時から、私、依頼されたすべてのお仕事を（物理的に無理なものは駄目だけど）、お引き受けすることにしようと思ったんです。うん、とにかく〝どんどん仕事する〟訳ね。
んで、それ、やってみたら……。

実はそれまで。私は、短編の依頼って、ほぼ、受けていなかったんです。だって、それまでの私のお話の作り方では、枚数把握がまったくできなくて、だから、引き受けて、万一そういう枚数で書けなかったら、先様に迷惑かけるにも程ってもんがあるだろうって思って。連載も、同じ理由でやっていませんでした。本当に書き下ろしばっかりやってたんですが……ですが……「とにかく、物理的に無理でない限り、依頼された仕事はやってみよう」ってことで、引き受けてみたら……引き受けてみたら……うへえ。

おっそろしいことに、全部、できちゃった。

どうも私、短編も書けるようだし、連載もできるようだし、その上（この本に収録されている『なごみちゃんの大晦日《おおみそか》』なんか、まさにそうなんだけれど、何枚×何行、で、何十回ってな）無茶苦茶物理的制約がある連載も……どうも、やれば、できる、みたいなんです。

心から、驚きました。

作家生活四十年。

十七でデビューして、ちゃんとした小説の書き方なんか知らなかった私、気がついたら……どうも、なんか、この四十年の間に、小説を書くことにかんする、ちょっとしたスキルを手にいれていたようなんです。

今でも、連載している長編小説は、「終わりがどうなるのか自分でも全然判らないし、いつ終わるのかまったく判りません」けれど、これはこれで、多分、いい。自分でも〝終わり〟が判らないお話って、実は、書いているのがとっても楽しいので、まあ、自分の娯楽の為に、こういうの、あって欲しいって思ってます。

（いや、自分の娯楽で仕事をするのはまずいのか？）

でも、連載している長編以外の、例えば、短編とか、中編とか、「何枚で終われ」って制約が最初っからある奴は、まあ、そういう風に、お話、作れるみたいです、私。それに、そういうのは終わりが見えている処《ところ》も楽しいしね。文章の最後に〈FIN〉って書くの、これはこれで快感です。

ああ。そう。

こりゃ、今更言うなって感じなんですが……えーとお。

作家生活、四十年をすぎまして。

私には、判ったことがあります。

新井素子って、どうも、小説が書けるらしい。

今更、この台詞《せりふ》はないだろうって、自分でも思うんですが。

どうも、私には、小説を書く能力があるみたいなんです。

今までは、「本能で小説書いてます」って言っていて、それは正しいんですけれど。でも、本能だから、私の能力なんてまったく関係ない。何で書けるんだか、自分でまったく判っていない。そんな気分でした。

けど、今は、「新井素子は小説書けます」って胸をはって言えます。これは一応、自分の能力でやってることみたいです。

はい。

作家生活四十周年に至り、新井素子は、小説を書くことができるってことが、判りました！

ですので……これからも、よろしくお願い致します……。

あと、一応、この本の収録作品について、ちょっとだけ。

『橋を、架ける』。とある企業のホームページ（……なのかな？）に書かせていただいたお話で、その企業がやっている様々なお仕事から、作家が好きな事業を選んで書くってものでした。んでもって、〝軌道エレベータ〟みたいな奴は、あっという間に他の作家さんが手を挙げてしまって、ま、でも、そんなお話書けないもんな私。一番原始的で、一番判りやすい、その企業がやっている、〝橋を架ける〟作業で思い付いたお話を書いてみました。

でも、原始的な分、判りやすいっていうか、非常に普遍的なお話になったっていうか、自分で言うのも何ですが、これ、結構好きです私。

『黒猫ナイトの冒険』。なんか、この原稿書いた年は、猫関係のお話の依頼が多かったです。（これも、〝猫〟のミステリか冒険小説って依頼でした。）ま、私も、猫、好きですから文句はないんですが、なんでこんなに猫なんだろう。

ここでモデルになっているのは、うちの猫、天元。なんか、もっの凄く、ムートンの毛皮が好きで、引き出しを開けるっていう、猫的にはほぼ不可能なことに挑戦して（挫《ざ》折《せつ》しまくり）、それでも、ひたすら、ムートンの毛皮に固執している猫なんです、この子。何でなんだろう……？

『倍倍ケーキ』『秘密基地』。子供向けのショートショートでして、んー、気分として、ケーキが女の子向け、秘密基地が男の子向けって気持ちでした。思い返してみれば、高校時代の私、ケーキを一遍に三個くらい食べてたし（どうして胸やけしなかったんだろう……？　今では絶対無理だ）、男の子って言ったら、秘密基地ですよね？

『お片づけロボット』。日本ＳＦ作家クラブと人工知能学会のコラボ企画。……こういうものが、本当に、心から、私は、欲しいです。

『碁盤事件』。日本推理作家協会で、囲碁同好会の世話役みたいなことを私はしておりまして、それで始まった企画です。囲碁をメインにしたミステリを、同好会のメンバーがおのおの書けないかって。で、私は、ホワイダニットやってみたくて、これは、ホワイダニットなのにどんでん返しがあるっていうものを目指して書いてみました。（でも、結局ひとが死ななかった……。ああ、いつの日か！

連続殺人事件を書いてみたいよお。これはもう、ずっと思っている夢です。）

『妾《わたくし》は、猫で御座います』。タイトルからして、『吾輩《わがはい》は猫である』に乗っかった企画。（漱石《そうせき》没後百年企画だったと思います。）んで、私、この原稿を書く前に、『吾輩は猫である』を読み返して、驚いたんです。『吾輩は猫……』って……黒い。あまりにも、黒い。そう言った処、担当編集の方が、「ですよね、漱石って意外と黒いですよね」って仰って、それは、話が、違うっ！　私が言いたかったのは、この小説が、字詰め等がひたすら詰まっていて、改行が殆どなく、とにかく見た目が黒いってことでした。（編集の方は、中身が意外とブラックだっていう風に受けとったんだろうと思います。）で、（私のお話にしては）字詰めがひたすら黒くなるよう、やってみました。

（あと。このお話の後ろに注をつけましたが、ここに出てくる貝の名前、実は間違っていたのでした。けど、これを書いた時には、検索するとこの貝がでてきたっていうのは事実ですので、これ直すと、お話がおかしくなりそうなので、注をいれてそのままにしました。）

『なごみちゃんの大晦日』。週刊の連載で、一回の枚数が、例えば五枚っていうものじゃなくて、何字×何行って奴で、しかも、終わらないと絶対に困る。そういうものなのに、やってみたら、できてしまった。そういう意味で、私にとって、非常にエポックメイキングなお話でした。こんなお仕事も、私、できるんだなあって。その上、書いている時、私、楽しかったし。

☆

んでは。最後に。

この本って、いろいろあって、私にしてみれば、とっても特別な本になりました。

何か、「新井素子は小説が書ける！」って判ったのは、妙な自信になりましたし……うーん、次は、「目指せ作家生活五十周年」だよな。

また、それとは別に。

読んでくださった方が、これを、楽しんでくだされば、本当に私にしてみれば、嬉しいのですが。

そして。そして、もし。

もしも御縁がありましたのなら、いつの日か、また、お目にかかりましょう――。

二〇一九年三月

新井素子

文庫版あとがき

あとがきであります。

二〇二一年、未《いま》だコロナが結構ある状況のもと、みなさま、お元気でお過ごしでしょうか。みなさまがお元気であることを、祈っております。

とはいうものの。身体的に〝元気〟であることと、精神的に〝元気〟であることって、ちょっと、違いますよね？

うん、私なんて、ここしばらく、旦那《だんな》と、（持病があるので通っている）お医者様以外の知り合いとは、リアルで会話してない。あと、会話したことがあるっていえば、スーパーのレジのひとに、「これはガラス瓶なんで割れないように緩衝材巻きますか？」って言われたとか、本屋さんで、「この本の取り寄せお願いします」なんてくらい。

まあ。仕事が仕事なんで。小説は、家にいて書いていればそれで済んでしまいます。また、打ち合わせや何やは、メールやＺＯＯＭで何とかなります。電話だって機能してます。原稿渡しはメール添付でＯＫです。（というか、むしろコロナ前から、その方が喜ばれていた。）友達とやっていたお茶会だって、只今《ただいま》ＺＯＯＭです。

……これは、多分、すんごく恵まれている環境だって思うんですよね。リアルでひとに会わなくても何とかなる。

うん、友達の中には、このコロナ状況下にもかかわらず、毎日通勤しているひとだっています。そもそも、エッセンシャルワーカーの方なんて、職場にいかなきゃどうしようもないですよね。今の日本、こういう方々が回してくださっているんですよね。

でも。

確かにとても恵まれた状況にいる私なんですが……これはこれで、鬱屈《うっくつ》するものが、ない訳ではない。

とは言うものの。

武漢でコロナウイルスが確認されて、そろそろ二年。もういい加減、このコロナ騒動、終息してくれるんじゃないかなーって、心から期待しております。過去のパンデミックも、ある程度時間がたてば、落ち着くのが常でしたから。

そして、それまでの間……鬱屈する時間の、ほんのちょっとの気晴らしに、この本がなってくれるといいなって思っております。

この本の『この橋をわたって』って総タイトル、実は表題作がありません。(何を表題作にしても変だって気がした。)で、当時の担当編集者とさんざん悩みまして、相談しまして、「橋をわたって他の世界に行ったなら、きっとそこは素敵な世界」って気分で、こういうタイトルにしてみました。基本的にそういうお話ばっかりだったし。(『橋を、架ける』が、まさにそういうお話ですし。)

そういう感じで、この本、読んでいただけたら嬉《うれ》しいです。

☆

そんでは、個々のお話について、思い出したことを、ちょっと。

まず、この本……猫の話が多いですよねー。今でも、猫の本ってとっても多いんですが、この本の親本(元になった単行本のことですね)が出た頃は、猫本ブームのはしりみたいな感じで、いろんな処《ところ》で、猫小説特集をやっていたんです。だから、やたらと猫関係の原稿依頼がありました。

で。今までの、うちの猫は三匹。まず、初代のお猫さま、ファージ。ファージが亡《な》くなって数年してからうちに来た兄妹猫が天元とこすみ。そんなこと思って書いた訳じゃないんですけれど、読み返してみると、明らかに判《わか》ります。

『黒猫ナイトの冒険』は、どうみたって天元がモデルだ。訳の判らないムートン愛は勿論《もちろん》のこと（ほんとに何で天元がこんなにムートン好きなんだか判らない……。勿論、天元、ムートンに包まれて棄《す》てられていた訳じゃないんだし、そもそも捨て猫じゃないんだけどね）、まず、突出してしまい、しかるのちに脅かされたらすぐ諦《あきら》める、諦めたあとは、も、それ気にしないって……ああああ、これはもう、天元だあ。

『妾は、猫で……』は、どうみたってファーがモデルだ。（……名前がファージになっているし。）ファーは、生まれて初めて飼った猫でしたので、予防接種をするとか、避妊手術をするとか、何も考えず、普通に外に出していた猫だったんですよね。（昭和の猫は外に出ていた。）でも、なんか、異様に賢くて。私や旦那が外出すると、時々、何故《なぜ》か付いてきてしまうことがあり、日によっては、徒歩十何分も付いてくることがあって……「こんな遠くまで来ちゃったら、ファー、うちに帰れなくなっちゃうんじゃないか？」って心配になった私が、しょうがない、用事も済ませていないのにもう一回うちに帰ったりしたこともあった猫でした。（だって私は、こんな遠くまでひとに付いて歩いてきてしまったら、絶対に家に帰れない。）

けれど、ファー、迷子になったこと、一回もなかった。いや、それだけじゃなく、私達が旅行する時、私の実家に預けたり友達の家に預けた時も、勝手に外出して、でも、毎回確実にその家に帰ってきて……。

　多分、ファーは、私より賢い。少なくとも私の倍は方向感覚があった。

しかも、こんな環境なのに、二十三まで生きてくれました。猫又になっていたに違いないと思います。ファーが二十を越した頃から、うちではファーのこと、尊敬を込めて〝お猫さま〟って呼んでおりました。

　それから。猫が出てくるって書いてはいないんだけれど、影の主役が猫の『碁盤事件』。この猫は……間違いなく、こすみだ。いや、全然、出てこないんだけれど。出てこないにもかかわらず、何故かこれはこすみだって確信できる。自分は表に出ず、舞台裏で家中に睨《にら》みをきかせる、こすみって、そんな猫なんです。

（ああ。こんなこと書いたら、旦那に怒られてしまいそう。定年になって、ずっと家にいるようになった旦那、只今こすみと熱愛中です。まあ、一方的に旦那がこすみの玩具《おもちゃ》になっている、とも言いますが。）

あ、それから。

『妾は、猫で御座います』。

このタイトルをつけた時から、私には不安があったんですね。

妾って書いて、〝わたくし〟って読ませたい。うん、「私は猫で御座います」ってやっちゃうと、『吾輩《わがはい》は猫である』に較《くら》べて、なんか軽い感じがしちゃいそうなので。だから、一人称を〝妾〟にして、これを〝わたくし〟って読ませて、妾は、の後に、読点をつけて。『妾は、猫で御座います』。

で、これ自体は、そんなに無理な話じゃないとは思ったんですが、ルビつければいいと思っていたんですが……でも。

これ、「わらわは、猫で御座います」って、読むひと、ある程度の数、いるんでは？　それだけが、気になっていました。だって、一人称が〝わらわ〟だと、微妙に雰囲気が、私が思っているものと違ってきてしまう。

ですので、このお話を書いたあとしばらく、ひとに会う度に私、この字を書いて、聞いてみました。「これ、何て読む？」って。

　そうしたら。

「え……これは……『めかけは、猫で御座います』……？」

　こう読んじゃった方がいらっしゃったので……ひっくり返りました。

　いや、あっている。間違いではない。確かにこれは、そう読めます。けど、一人称だけを気にしていた私にしてみれば、まさか、こう読むひとがいるだなんて、思ってもいませんでした。でも、読める。読んでいい。

　……ああ。これはこれで、そそられますよね。

『めかけは、猫で御座います』。

　どんなお話なんだよそれ。

　えーと、無茶苦茶猫好きな男性がいて、奥さんもいるんだけれど、実は、猫が、それ以上に好き。奥さん差し置くくらい猫が好きで、で、言ってみたりするんです。「めかけは、猫で……」。

　……違うな。

　本当に猫好きな男なら、多分、同居猫さんのこと、間違っても妾なんて言わないと思う。その場合、本妻が猫さんで、奥さんが妾って……いや、これも何か変。その前にこの男、奥さんに殴られる。

あ。本当に猫好きな男なら、猫の多頭飼いしている可能性があるか？　四、五匹、猫を飼っていて、自分が本妻と思う猫がいて、でも、その後、どうしてもどうしても愛したい猫がでてきちゃって、その子のことを妾って……ああ、そんな、猫に対して失礼なこと、愛猫家が思う訳がないか。こりゃもう、どっちの猫に対しても失礼極まりない。

……凄《すご》いな、『めかけは、猫で御座います』。

このタイトルだけで、あと二つくらい、お話作れそうな感じです。

『なごみちゃん……』も、楽しかったです。

これ書く前、いろいろ考えまして……えーと、土地神様のお話だし（と、書き出す前にそれだけは私、決めていた）、これは、その土地に代々密接しているひとを主人公にしたいよね。そう思って、いろいろ考えまして、これはもう、農家を舞台にするしかないって思って。で、農家。この場合の農家って、何を作っているどんな農家？

ここで私、図書館へ行きまして、いろんな資料をひたすら読んで。

この時の私は、花卉《かき》農家を舞台にしたいよなあってすでに思っていて、ですが、花卉農家の資料があんまりなかったんです。ただ、かき集めたいろいろな資料の中に、花卉農家に触れている本の紹介があって、これ、参照できたら嬉しいなって思って。ただ、その本って、雑誌の別冊のムックみたいで……こんなもん、図書館にある訳はないな。

そうは思ったのですが、一応、この本のＩＳＢＮコードが判りましたので、図書館で聞いてみました。そうしたら。あったんですね、これ。

「これは練馬区の図書館にはありませんでしたけれど、○○区の図書館にありました。そこから借りることはできます」

「お願いしますっ！」

凄いわ、図書館。今ではこんなことができるんだ。図書館同士で図書の移動をして、私は練馬区の図書館にこれを借りに行って、練馬区の図書館に返すんでＯＫ。○○区の本なのに。

本当に、これは、どうもありがとうございましたって思った件でした。

それでは、最後に、いつもの言葉を書いて、あとがきを終わりたいと思います。

まず、この本を読んでくださった、あなたに。

読んでくださって、どうもありがとうございました。ちょっとでも気にいっていただけたら、私はとても嬉しいのですが。そしてまた、ちょっとでも、このコロナ状況下の鬱屈から、あなたの気を逸《そ》らせることができたのなら、それは、望外の幸せってものです。

そして、もし、気にいっていただけたとして。

もしもご縁がありましたなら、いつの日か、また、お目にかかりましょう。

新井素子

二〇二一年十月

この作品は平成三十一年四月新潮社より刊行された。

この橋《はし》をわたって

新潮文庫　あ-19-6

令和四年一月一日発行

著者　新《あら》井《い》素《もと》子《こ》

発行者　佐藤隆信

発行所　株式会社 新潮社

郵便番号　一六二—八七一一
東京都新宿区矢来町七一
電話 編集部(〇三)三二六六—五四四〇
読者係(〇三)三二六六—五一一一
https://www.shinchosha.co.jp

価格はカバーに表示してあります。

乱丁・落丁本は、ご面倒ですが小社読者係宛ご送付ください。送料小社負担にてお取替えいたします。

印刷・錦明印刷株式会社　製本・錦明印刷株式会社

ISBN978-4-10-142606-8 C0193